河出文庫

書くこと
出家する前のわたし
初期自選エッセイ

瀬戸内寂聴

kawade bunko

河出書房新社

はじめに──巻頭書き下ろしエッセイ

私がいわゆる文壇に出たのは決して若い年齢ではなかった。

戦争のまっただ中に青春を迎え、結婚し、北京へ渡り、出産、引揚げという道をたどったので、本気でものを書きはじめたのは、離婚後のことで、はじめて原稿料をもらったのは、二十八歳の十二月、京都で京大小児科の図書室に勤めていた時であった。あてずっぽうに送りつけた少女小説が、「少女世界」という少女雑誌に載せられ、原稿料を送ってもらい、びっくりした。つづいて、これも応募しておいた懸賞小説が「ひまわり」に当選した。そこでその賞金の集金がてら、上京し、少女小説で食べることにした。ずいぶん無鉄砲な話だが、少女小説は結構売れ、私は文筆で暮すことが上京後、ほどなく可能になった。

とはいっても、自分の憧れている文学とはほど遠い少女小説作家で一生終る気は、その頃から全くなく、少女小説は身すぎ世すぎの内職だくらいに考えていた。しかし、内職ほど念入りにしなければ買ってもらえないことを心得ていて、私はそれなりに一生懸命に書いた。

予想以上に少女小説が売れ、私の本来の目的の大人の小説を書くようにはなかなかならなかった。

上京後同人雑誌で小説の勉強をはじめたが、一向に小説は書けず、「女子大生・曲《チユイ》愛玲《アイリン》」で新潮社同人雑誌賞を受賞したのは、一九五七年（昭和三十二年）一月、三十四歳の時であった。

その後書いた『花芯』でつまずき、せっかく足をかけかけた文壇から、足をふみ外し、五年間、文壇に出そびれてしまった。

早くもエロを狙ったというのが、その時の『花芯』への批評で、自分としては全く思いがけない批評ですっかり絶望した。それでも文学をあきらめる気にはなれず、仲間と同人雑誌をつくり、こつこつ書いていた。

『田村俊子』を書いて田村俊子賞をもらったのは三十九歳の時で、『かの子撩乱』や『女徳』を書きはじめたのは四十歳になっていた。この頃から、私は小説家として、のれんをかかげたといえよう。

『夏の終り』で、女流文学賞をもらったのは四十一歳の時であった。

戦後いち早く、曾野綾子さんや、有吉佐和子さんたち、二十代の若々しい女流作家が活躍し、その頃「才女時代」という言葉がはやったが、さしずめ私は遅れてあらわれた凡女というていたらくであった。

それでもその後、絶えることなく、ずっと小説を書きつづけ、今日に至っている。

五十一歳で出家した時は、もう書かせてもらえないのではないかと思ったが、出家後も私の文筆活動は許され、私の生活は小説を書くことでまかなわれ通してきた。もうすぐ今年の五月で私は満六十八歳を迎えようとしている。思えば三十三年も、文壇で生きつづけ、原稿料だけで生活しはじめてからは、大方四十年ということになる。一口に四十年といっても、ペン一本で生きてきたこの歳月は気の遠くなるような、はるかな道程であったと今更のように思う。

私の人生は書くことがバックボーンであった。結果的に見れば、愛することも、祈ることも、書くためであったということであろうか。

私は書きながら、迷いの渦から泳ぎのがれ、書きながら、生きる目的を発見し、書きながら、仏への道にたどりついていた。書くことが私の思考の方法であり、すべての疑問の答えは書くことによって発見されてきた。

書くという作業はあくまで孤独な作業である。私はその点だけは無器用で、書くことと家庭を両立させることが出来なかった。

というより、私にとっては炉辺の幸福より書くための孤独を選び取ったのである。

書くために家庭を破り、子供を見捨てた私は、その結果として出家剃髪しなければならなかった。そのことも、自分の書いた作品によって導かれたものであった。

長く長く書きつづけてきた道中に於て、様々な有難い出逢いがあった。

それは東西古今の残された小説の群であり、それを書いた作者たちであり、現実に小説を書いている現役作家たちであった。

そういう出逢いについて、私は随筆もたくさん書いた。

ここに集められたのはその一部であり、出家までのものである。

その後の十七年間にまた私は沢山書き残している。それでも一応ここで区切りをつけるつもりで出家までのものを一冊にしてある。

なぜ、書くか、どうやって書いてきたか、どう書くべきか、など、私はこの中で自分に問いつづけている。

今読み返してみて、何十年も前のものが少しも旧くなっていないのは嬉しい。

その折々の自分が思い出されて、人の一生なんて、ほんとに束の間なんだなあという感懐が湧く。

私はこれからも書きつづけるであろう。

出家して書いた昔の日本の文人の道を、私はなぞっているようだ。

いつまでつづくかわからないこの道を、私はやはりたどりつづけ歩いていく。

書くことは孤独な作業である。けれども、見知らぬ多くの読者に読まれつづけていく時、その作家は決して孤独ではない。

自分の知らないところで、知らない人と心の喜憂を分けあい慰めあっているのである。

小説家というのは何と有難い職業だろう。

瀬戸内寂聴

書くこと　出家する前のわたし　初期自選エッセイ＊目次

書くこと

出家する前のわたし　初期自選エッセイ

I

処女作のころ

最初の自分の本が出る時くらい、作家にとってうれしい時はないのではないだろうか。

私の最初の本は「白い手袋の記憶」という短編集で、二百五十一ページのものだった。昭和三十一年度の新潮社同人雑誌賞をもらったおかげで、朋文社という出版社が出してくれることになったのだった。

それまで書いた短編をみんな集めても枚数がたりないので、解説のかわりに、最後に「白い手袋の記憶」というエッセーみたいなものを書き足し、それを本の題名にした。

朋文社というのは神田神保町にあって食物屋の二階一室しかなく、そこに机が四つくらいしか置いていない、まことに小さな本屋だった。

出版社がどんなに小さかろうがインチキくさかろうが、とにかく無名の、ようやく小さな賞ひとつしかもらわない私の作品を出してくれるというのだから、私にはその出版社が、近所にある岩波よりも堂々とみえたくらいであった。

最初は五千部、半月たたないで三千増刷した。初めての本としては多い方だろう。初版の五千はひどく悪い紙なのでかさばって厚く再版は紙がよくなったとたん、半分の薄さに減ってしまった。定価は二百二十円だけれど、この本の印税はちっとももらわなかった。そのうえ、社長という人に泣きつかれたりおだてられたりして、当時の私にとっては全財産だった五万円を借りとられてしまった。まことにばかばかしい出版だった。

この本は割り合い読まれて、古本屋でもよく見かけたが、百五十円から百二十円くらいで出ていて、古本の値としてはいい方だったようである。

今見てみると、まことに稚拙な習作の集まりで、恥ずかしくなってくる。けれども、初心の素直さと無垢さのある短編集で、やはりなつかしい気持である。受賞作のほか二つをのぞいてあとはすべて、同人雑誌に書いたものばかりなのも、なつかしい。

私は小説の書き始めがおそい方なので、いわゆる処女作というものは昭和三十年に書いたのだから、ずいぶん本は早く出た方だといえよう。この中のほとんどが、もう新しいりっぱな本の中にくみこまれて、もう一度陽の目をみているのもうれしい。

次に出たのが「花芯」でこれも再版して、九千五百部くらい出ている。

「花芯」はさまざまな悪評を受け、そのため私の出足はその後五年おくれてしまったので、私にとっては最も、肝に銘じている作品である。

それだけに、この本は本質的な意味で私の文学の処女作といえる。このごろになって「花芯」を認め直してくれる風潮が出てきて私はどの作品がほめられるよりもうれしいのである。しかもそれを認めてくれる人が、三十代、二十代の若い世代だということも、とてもうれしい。

この本も二つの出版社で二度出たが、最初の三笠書房の本は、紙も装丁もよく、天を思いきりあけたしゃれた組み方で、とても気にいっている。「白い手袋の記憶」のお粗末さとはくらべものにならない。「花芯」が本になった時、私はもう死んでもいいと思ったものだけれど、それ以後、いつも、これさえ書いてしまえば死んでもいいと思いつづけ、まだ一向に「これさえ」の終りが来なくて、いつのまにか自分の本も、十年の間に三十冊近く出てしまっている。

（「北國新聞」昭和四十一年七月三日）

私の小説作法

私の小説作法などといって取り立てて書けるだけのものがないところが、つまりは私の小説作法なのかもしれないと、いま思った。

初めにどうしても書かねばならないテーマがあり、それをじっくりあたためて、あの角度この角度から構成して一稿二稿と稿を改め、推敲に推敲を重ね、せめて一週間か十日寝かせておき、もう一度それを読み直してみる。そこでようやく出来上がったとあきらめる。と、こういう小説作法を披露したいというのは私の夢の中での理想である。

現実の私の小説の書き方は、およそ私の理想の形とはほど遠く、締切りにおわれて、フウフウいって書き、いつでも終ったら、ああ、せめてもう二日、余裕があればなあと、慨嘆し、おそるおそる編集者に渡し、いつまでも渡した原稿が気にかかり、ノドに魚の骨がささっているようないやな感じにつきまとわれる。

けれども、書きたくもないのに書いているのかというと決してそうではなく、私は書くことが好きで好きで、それがあえて小説でなくても原稿用紙のマスを埋める作業が、私は本当に生理的に好きなのである。雑文と小説のけじめがつかないと困るけれども、私はやっぱり、小説の、中でも、新潮とか文學界とか群像とかいった雑誌に書かせてもらえるいわゆる純文学といわれる小説を書くときくらいはりきってうれしいときはない。そういう小説を書くときは、もう夢中で、原稿用紙に向かって自分の名を書きこんだとたん(題はたいていあとから書きこむ)かあっと、全身が熱くなり、頭だけがしんしんと冷えてきて、真空状態の感じがする。するとその真空の中へもやもや書きたいものがふき上がってくる。はじめはそのもやもやが煙のようにたち迷い、形も定かでなく、頭の中いっぱいにひろがり、ふきこぼれそうになっているのが次第にゆらめきがおさまると、はっきりした情景や、人物の表情になってくる。するともうしめたと思い、それをペンで写しとっていく。それが小説の書きだしで、それさえ決まれば、あとは、ペンが追いつくのがもどかしいくらいあとからあとから文章があふれてくる。したがって原稿の字はページを追うにつれて文字がしどろもどろできたなくなっていく。

出来上がった原稿は読み返してすっぱすっぱきりすてる。ほとんど書きこむことはなく、たいてい切りすてた方がひきしまってくる。

あれほど感動的にわき上がってきた最初の数行を、たいてい切ってすてるというのも皮肉なものである。

最後の一行は、最後になるまできまらない。書きすすんできて、自然に決まった最後の一行が出来、それを書き終えたときのうれしさと、醍醐味は、小説を書く人間にしかわからないのではないだろうか。

私小説とよばれるものを書くときは、実に苦しくて、つらくて書きながら何度か、泣きだしてしまう。そのくせそれを書き終えたときの喜びが、どんなものを書いたときよりも充実感がある。私は一方、伝記ふうのものも書くし、いわゆるエンターテイメントも書く。

伝記ふうのものは、対象の内に自分の影をみいだしたときか、全く、自分と正反対と思える人にひかれて書きだす。けれども結局は自分の中につながる臍の緒を感じてしまう。エンターテイメントを書くときでも、自分の内部を通さない絵空事は、およそ書けない。結局は不器用な、下手の横好きの作家なのであろう。自分が非論理的で、情熱的に熱気にあおられて書く方だから、かえって、そうでない、たとえば三島由紀夫さんのような小説にイカれてしまうようである。

本当のところ、自分の小説作法の秘密などというものは、いくらおだてられても、私といえども、決して人前にさらしたりはしないものである。

（「毎日新聞」昭和三十九年一月九日）

女流作家になる条件

女流作家になる条件と、作家になる条件はどうちがうだろうかと先ず疑問に思う。世間がその人物を女流作家と認めるのは、その女性が物を書いて新聞とか雑誌に発表した場合、本人の意志と関りなく、文章の終りに新聞社なり雑誌社でかっこ内に作家と明記する時とみていいようだ。ところが今だかつてそういう時「女流作家」と書いてあるのを見たことがない。ホテルのフロントや税務署の窓口で自分の職業欄に自ら「女流作家」と書きこむ女流作家もいないであろう。

女が女である前に人間であると同じ意味で、女流作家は女流作家である前に作家である。ところが作家は作家である前に女流作家ではあり得ない。もしも作者が作品だけを世の中に発表して、永久にマスコミに実在の肉体をあらわさなければ、読者はその作者をペンネームによって男か女か判断するしか方法はない。現に私の名は戸籍名なのだけれど、晴美というのは男の名としてもあるらしく、往々男と思いこまれていた場合に出あった。また奥さんの名をペンネームにしたという笹沢左保氏という推理作家を私は長い間、女性だとばかり信じていた。壺井栄氏が女性で久保栄氏が男性であるのを私たちは作品だけを読んで見きわめたわけではない。

数年前、才女時代とかいうのがジャーナリズムを賑わした頃、同人雑誌で長い間苦労している文学青年たちの間で、「文壇に出る手段としてペンネームを女性名に変えて世に出てから正体を表わすのが賢明な早道ではあるまいか」

など、大真面目に論議されたりしたものであった。実際その頃、ある読物を男が女の名前で発表し、とにもかくにもベストセラーになった事実もあった。女に非ずんば作家になるなかれと文学青年たちを嘆かせた。その一時期も、結局移り気なマスコミがでっちあげた一時現象で、その潮がすぎた後にはやっぱり女流作家というのは男の作家に比べて一パーセントにもみたない寥々《りょうりょう》たるものである。いつも二、三の女流作家の活躍が目ざましく目立つのは、絶対数が男の作家に比べてあまりに少いからなのである。戦後各職場に女性の進出が目ざましいのを見まわすにつけその割に女流作家の数が増えていないのはどういうわけなのか。やはり「作家」になる以上に「女流作家」になる条件は難しいものであろうか。とにかくその条件を数え上げてみることとする。

女であること

絶対死ぬまでその実物をマスコミにさらさずにいられるという自信があるなら、必ずしもこの条件はなくてもいい。が、とうてい今のジャーナリズムで一枚の写真もとられずにすませられる作家はいないであろう。「作家」になるより「女流作家」になることを望むならば、性転位をしてでも何より先ず女になることである。

男性的であること

女であることと、精神が男性的であることは矛盾するが、この矛盾をかねそなえていることが一つの条件である。たといどれほど女を売物にして、女らしいことを女でなければならぬ筆致で書きあらわしたところで、物を書くということは、精神的に男性的な要素がないかぎり不可能なことなのである。芯からなよなよと女らしい女は絶対女流作家にはなれない。何かのはずみで一時女流作家らしく見えても芯から女らしい女は決してその位置を保つことは出来ない。物を書いて世間に発表するという作業そのものが既に男らしい戦闘的なことである。

美人でありすぎぬこと

倉橋由美子氏の作品がはじめて文壇にとりあげられた時、平野謙氏が彼女がベッピンかどうか気にかかるということを書いたため、様々な論議をおこした。平野氏の様な権威ある批評家でさえ女流作家の容貌にそれほど関心を示すのであるからには、女流作家になるには美人であらねばならないなど早合点したら悲劇である。

生来美人に生れてきた女というものは、男からチヤホヤされるチャンスが多いので、小説を書くなどという、地味な肉体労働をこつこつ根気よくつづけてゆく作業には向かないのである。

一人前になるまでに、同人雑誌時代、仲間の文学青年と恋愛沙汰をおこしたり、師匠と仰ぐ作家とことをおこしたりしてしまう。その経験を傑作にものしてくれようと心では思い、何もかも自分の文学の実験的試みであるなど考えている間に、いつのまにか、恋や情事に心を奪われ、生活を乱されて、文学とは縁遠くなっていくケースが多い。

どっちかといえば醜女の執念のようなものの方が、ねばりがきいて、初志を貫くのに便利のようである。ちなみに林芙美子は男の中に入って一週間暮してざこ寝しても男に「女」を感じさせないほど不細工だったと菊田一夫氏が述懐している。

天賦の才能あること

芸術ばかりは、努力しただけでは華が咲かない。天賦の才能に恵まれていることが何より先ず第一の条件だけれど、果して自分に天賦の才ありやなしやということは、なかなか見極めがつくものではない。小才と天才は、その表れ方は初期には全く反対の形で人目につくことが往々あるからである。同人雑誌などで同じスタートに並んではじめた者が、はじめは才能豊かに見え華々しくスタートした方が、いつのまにかダメになり、箸にも棒にもかからないと、仲間から笑われていた者が最後に突如、石の壁を破ったような勢いで、才能の華を開かせ、最後の栄冠をいただくという例が実に多い。その点、女の方が男より小才が利いて、はじめは何だか才能ありげな筆づかいなどするけれど、究極には男の方が大成する率が多いのを考えて見ることだ。女流作家の数が依然として男の作家に及びもつかない所以がここらあたりにありそうである。

才能にも早熟型と晩成型があるから、一概にそれを見極め難い。人から才能がないといわれても悲歎することはないと同時に、自分で天才だという天の啓示をしばしば受けたと思うのも、精神分裂症の兆候ではないかと疑ってみる必要がある。殊に女は自分に都合のいいように物事を判断したがる傾向が多いから。

うぬぼれ心の強いこと

作家になるなどということは、いくら小心らしく、自信ないらしく、小説の中で自分を卑小この上ない人物のように書きたててみたところで、並の人より自己顕示欲の強烈な人間でなければ思いも及ばないことである。

うぬぼれ心というのは一般には男より女の方に強いと信じられているけれど、これは男のうぬぼれの強烈さにはとうてい女は及びもつかない。

男の中には二十年三十年、世に認められずまわりでもういいかげんに思いきればいいのにと陰口きいていても素しらぬ顔でいつまでも作家たらん日のために書きつづけている人間がよくある。彼を支えているものは全く強烈なうぬぼれ以外の何があるだろう。女はねばりがなく、あきらめが早い。結婚という体裁のいい逃げ道があることが、敗北感をごまかし引下っていくのに好都合に出来ているからである。男に負けないうぬぼれを持つことが先決である。

嫉妬心の強いこと

この条件は本来女の特性であるからことさら書きたてなくともいいとみえるかもしれないけれど、やはり欠くことの出来ない必須条件である。

ソ連にいった時、かの国の女流作家と話してみて、彼女たちが同業の友の成功に絶対に嫉妬心を抱かぬというのを聞いて驚きいった。人一倍、愛憎や煩悩の強烈な筈の作家が、そんな風に恬《てん》とすましていられるのを私は信じ難いのである。嫉妬心がなかったら、あっちをむいてもこっちをむいても御成功おめでとう、傑作おめでとうとお辞儀ばかりしていて、一向に自分は作品も書けないのではないか。あれよりもっと素晴しいものが自分には書ける筈だという悶々の情を押え難い嫉妬心は結構創作のエネルギーになり得るものである。

悪妻となる要素を持っていること

結構まともな結婚生活をして家におさまっている女流作家もいるのではないか、ほら、曾野、原田、山崎、新しくは有吉と、指折り数える人は単純である。少くとも彼女たちが名声の上で夫君をしのいでいる一事を見ても悪妻の名に価しはしまいか。他のあってなきが如き夫を持つ人、或いは離婚組を数えあげれば、女流作家の条件に悪妻の素質がどれほど重大か思いしらされる。うまく良妻ぶっている人々が戦後派の若い世代であるのをみて、これからはちがってくると考えるのも早計である。正直に離婚したり、不和を世間にぶちまけたりしなくなっただけ、彼女たちの夫に与える忍耐と犠牲の度を思いはかるべきである。心から良妻たらんと欲する女が何で小説など書くものであろうか。

ストリップする度胸のあること

岡本かの子が小説家になりたいと告げた時夫の一平が「日本橋の真中ですっ裸で大の字に寝る度胸が必要だ」といった。何事にもオーバーな表現をした二人の間の話だから大げさだけれども、何も私小説的発想の小説にかぎらず、やっぱり小説を書くということは、精神の恥部を、どこかで晒すことになる。その意味では白昼ストリップする度胸を持つことの必要も認めなくてはならない。

恒産を持つこと

荷風山人やヴァージニヤ・ウルフの忠告をまつまでもなく、食べるために書かねばならない状態では作家としての本当の仕事は出来ない。現在大家になった我国の女流作家の多くが、貧乏のどん底をくぐって来ているとはいえ、彼女が本当の仕事を残したのは認められ、名声が一種の恒産となってからである。親の遺産であれ、金持の夫であれ、自分自身の生活能力であれ、とにかく恒産と考えられるものを持っていなければ、安心して創作に打ちこむことは出来ない。

孤独に堪える精神の持主であること

ウルフは、鍵のかかる部屋を持つことが女流作家になる条件だとあげているが、鍵のかかる仕事部屋に入ることは、自分の内の孤独と正面きって向いあうことである。たとい、夫や子供や恋人が何人いようとも、鍵のかかるひとりだけの部屋では誰からも無縁である。このことの怖しさを女流作家志望者は往々に見落している。他の九つのすべての条件が揃っても最後の条件に欠けていたら女は絶対作家になることは出来ない。

以上は、文壇的というのを頭につけた上での女流作家になる条件である。文壇を問題にしない女流作家になるならば、条件はただ一つ、自分を天才と信じこめる狂気だけである。

（「国文学解釈と鑑賞」昭和三十七年九月号）

一期一会

私はよく八方美人だと評される。

八方美人ということばには、どこか軽薄でチャラチャラした、巧言令色のひびきが含まれていて、決してほめことばには聞えない。今、念のため辞海をひいてみたら、(名)一、どちらから見ても欠点のない美人、二、たれに対しても如才なくつきあってゆく人、とある。本来はあんまり悪い要素はふくまれていないようだ。

まさか、だれも私を、一、の意味でいってくれるとは信じ難いから、この方は問題外である。たれに対しても如才なくつきあえるというのは、要するに自我が強くないということではないだろうか。芸術家は自我の塊りみたいなものだと私は考えているので、その点、私が小説家たらんと志す上においては、私の八方美人的要素はマイナスだと思う。かといって、四十年来、人間を好きで、生来の人なつっこさから、だれとでもつきあってきた私にとって、今急に、人間嫌いのポーズをとることは不可能に近い。

私は本当に人間が好きだ。というより、人間ほど面白いものはこの世にないと思う。風景は私にはどうでもいいものだ。どんな名勝奇地も、そこに一匹の人間という動物を配してでなければ私の記憶にはとどまらない。他人がいない場合は、その風景の中に立った時の自分自身が主役となる。私にとって、あらゆる時、主題は人間で、風景が点景である。ルポとか、インタビューとか、純粋な小説家からバカにされがちな仕事を、私はいつでもうじゃうじゃひきうけてしまい、時間をとられ、後悔する。そのくせ性こりもなく、相変らずひきうけているのは、そのための僅かな報酬などのせいではなく、社長とか、政治家とか、ロカビリー歌手とか、女優とか……とにかくおそらく私が死ぬまで、決して自分がなりうることはないであろう、そういう人種に、ちょっと逢っておきたい好奇心が動くからである。何のことはない、私の人間好きは、一言でいえば、人一倍旺盛な好奇心のあらわれにすぎない。

そんな私にも、人みしりに近い、はにかみを感じる対象がある。相手のどんな肩書にも動じない私だけれど、本当に心ひそかに憧れている人物、尊敬している人となると、つい足がすくむ。私にそういう作用を及ぼす人間は、芸術家に決っている。そしてやっぱり、自分の仕事に通じる作家が一番怖い対象である。これまで、私は、そのはにかみと、ある種の怖れの気持から、訪ねるのを躊躇し、後悔している人が二人ある。

一人は室生犀星氏であり、もう一人は正宗白鳥氏である。少女の頃、犀星氏の詩集を読み、女詩人になりたいと一週間程熱にうかされた覚えのある私は、「花芯」という小説を書いた時、まだ見ぬ犀星氏から励ましのおはがきをいただき震え上ってしまった。その後で数人の方から、氏が私の「文章」をほめていて下さっていると聞き、それはもう怖れになった。

一度新潮社のパーティでお目にかかり、私は震える膝頭をふみしめ御挨拶したことがある。氏は私の頭のてっぺんから脚の先までじいっと眺められた。視点をゆっくり上から下へ移し、もう一度同じ程度で下から上へ移された。私には五、六分もの時間に感じられたが、正味二、三秒の時間だったらしい。「遊びにいらっしゃい」と氏はおっしゃった。私は何度も氏を訪問することを思いたち、その都度ひとりではにかんで中止した。犀星氏をめぐる「女ひと」の群に恐れをなしたのではなく、純粋に氏一人に対してのはにかみであった。歿《な》くなられることなど考えもしなかった。

白鳥氏の方は、やはり中央公論のパーティでお目にかかった。席上氏は、私の小説を傍の人に話し「よく書けていた」と話していられた。作者の名を知らず、小説の内容だけで記憶されていた。聞いていた人が氏の背後で七面鳥のようになっている私を紹介してくれた。私は勇をふるい、その頃書いていた田村俊子についてお話を伺いに参上したいと申し入れた。氏はあっさりと承知して下さった。例のはにかみでぐずぐずしている間に、思いがけない氏の訃報を新聞で知った。

先日、佐多稲子さんと二人で野上弥生子さんのお宅へ、女流文学賞受賞の御挨拶に伺った。丁度その朝、夏目鏡子さんの急逝された日で、野上さんは、その話をされながら、

「……だからわたくしなどのような年寄の話はすなおに聞いておくものですよ。後悔しますよ。さあ、だからおのみなさい」

と、ひたすら遠慮している私たちにウイスキィをすすめて下さるのだった。野上さんを訪れるのにも例のはにかみでおおいに抵抗を感じていた私は、三代を書きつづけてきた激しい魂の輝きを目の当りにして、ああ、来てよかったと、強く感じていた。

（「中央公論」昭和三十八年六月号）

蔵の中

師走のあわただしい街の中を、ボロ荷物を満載したトラックの後ろについて、タクシーで走り乍《なが》ら、我乍らつくづく、馬鹿げたことの繰りかえしだと自嘲した。去年の暮、やはりこうしてあわただしく引越したアパートから、一年めに、また飛びだしたことになる。そのアパートにだって、この一年落ちついたためしはなく、始終旅ばかり重ねてきた。この十年ほどの間に、指折ってみれば八度も転居していた。転居通知を受取った方も「歳末年中行事も無事終えられ先ずはおめでとう」などからかいたくもなる筈だ。

何のために、こう、落着きなくそわそわと暮すのだろうか。普通、人の引越しとは、日常生活の便が原因になっている。日当りとか、交通の便とか、手狭になったとか……。私の場合は、そういうこととはいつでも無関係の引越しである。したがって、引越し先を決めるのも至極簡単で、たいてい一目見て、その場で決めてしまう。越した後で必ず様々な不便不都合がおこるのは当然だ。

ある日、突然、自分の生活の何もかもすべて壊して、やり直したくなる。するともうこらえ性がない。

作家は先ず何よりも仕事場を大切にする。誰にも侵されない鍵のかかる仕事部屋を確保したいと願うのは、ウルフの言をまつまでもない。家賃を払わなくていい仕事部屋さえあれば、あとは水とおからだって、書くことは出来る。作家にとっては家を建てるということは、背水の陣を敷くという意味も持つ。私も小説を書きはじめた頃、そういうことを夢みないでもなかった。けれども私の性格の中には、律儀さと、阿呆勤勉さと同じくらい、いささかの無頼の精神が同居しているらしく、いざという時には必ず、そっちの方が勝って、あっというような行動をとってしまう。その止むに止まれない破壊的な衝動に憑かれた時、私は一番自分が小説家であるような錯覚に捕われる。従って、私の転居は、いつでも建設的な意味よりも、現状破壊の意志の方が強く作用する。つまり私にとっては、これまでの生活の習慣を破壊することが第一条件で、次の住いの住み心地は第二の問題だったのだ。新しく越す場所が、座敷が傾いていて、物の転がる部屋だったり、べら棒に辺鄙だったり、非常識に家賃が高かったりするのもすべて、そのせいである。

今度の借家はもと質屋だった為、蔵があるということだけが魅力だった。これまでと同様、ある夜、一目みて、決めてしまった。

蔵の二階に畳を敷き、壁だけ少し手を加えると、これまで私の持ったことのない堂々とした仕事部屋が出現した。窓は小さな明りとり一つ、それに鉄格子が入っている。その前に机を据えると、丁度座敷牢に入れられているような感じになる。ふり仰ぐと、首ってしまう。

鍵のかかる部屋どころか、うっかり入口の扉を外から締められると、もう出られなくなってしまう。をくりたくなるような、がん丈な梁がいくつも見下している。あとは白い壁ばかりだ。

鍵はダイヤル式で数痴の私は開ける番号を覚えることが出来ない。この蔵の中の鉄格子の前に坐っていて、私はもう当分、少くとも五年はここにいようと考えている自分を発見して、あっと思った。私はどうやら、自分を閉じこめたい内的欲求があって、あんなに便利この上ないアパート暮しを破壊したくなったのだということがわかった。この蔵の中では、私の動き易く、激し易い感情も、沈潜せざるを得なくなってくる。

過去の住いでおこった様々な出来事や、人との出逢いや葛藤などは、みんな三年もたてば淡く色褪せてしまう。最後に残るものは、そこでした自分の仕事だけだ。どこに住いを変え、どんな仕事場を持ったところで、私の生活の根は、物を書くということにこの十年しばられてきたことに気づく。男もほしいし、男との暮しもしたい。しかし、それは世間の女の人の望むような、男との愛にみちた平穏で静かな炉辺の幸福や、慰めや、憩いがほしいのではないようだ。人との愛から生じる葛藤や、苦しみや、憎悪や孤独が、ものを書く場合の私には必要なため、男との生活がほしいのではないかと気づいてくる。いつ破壊されるかわからない日常のもろもろの危機感が、ものを書く私には必要であるらしい。住いに馴れ、便利さに馴れ、愛に馴れ、そこにある種の微温的な幸福らしささえ見える安定が生じはじめると、私の内的欲求は、矢もたてもたまらず危機感を自ら求めて悶えだす。いっしょに暮す者こそ迷惑だ。それがわかっていて、その時の衝動だけは押えることが出来ない。いったいそれは何なのだろう。つまり私が、自分の弱さもろさを本能的に知っているからかもしれない。明日の予算のない無駄そのものの生活の仕方、今に馬鹿な死方をするぞと人に嗤われている仕事の過剰、性こりもない情事の葛藤、そのどれひとつをとっても私自身の気の弱さが原因でないものはない。しかもそれがことごとく、私の気の強さのせいと人にとられるところが皮肉である。

普通の人が日常生活を整然と秩序づけることによって危機感を乗りこえようとするのに対し、私は日常生活を破壊的に無秩序に導くことによって、危機感をいっそう強め、そこからくる本能的な恐怖のようなものを、ものを書く場のエネルギーにふりあてようとするのだろうか。家事をやり、育児をやり、尚その上で小説も書き、日常生活を整然と守れる女の小説家も次第にふえてくるのかもしれない。小説というものは、そういう片手間で書けるもので、割のいい主婦のアルバイトという感じが強まっていくのかもしれない。けれども私は、たとえどんな突然変異で良妻賢母の場についても、まず、小説を書き、その上で家事もやり育児もやるという順序でしか生活出来ない人間になっていることを感じる。規則正しい仕事時間を守り、ランチタイムをとり、サラリーマンのように早寝早起を実行できるというタイプの小説家も次第にふえてくる。その方が近代的な、合理的な小説家なのかもしれない。けれども私はおそらく死ぬまで、無駄と、馬鹿な情熱や精力の浪費をしつづけ、結局は我身を破滅に導く旧弊で頭の悪い小説家のタイプに終るだろうと覚悟している。

私にとっては、小説を書くという作業はやはり生活のすべてに先立ち、現実生活のすべてに犠牲を強いる楽しい悪魔的な力を持ってせまってくる。

（「新潮」昭和四十年二月号）

「才能の山」について

小林秀雄氏と講演旅行に出た旅先のことだった。夜、小ぢんまりしたバーへ主催者に案内されお酒をのんでいた。夕食の時からお酒は入っているので、小林秀雄氏はいくらか酔いが発しているように窺えた。バーでもホステスには目もくれず、日本酒をのみつづけながら、顔には一向に滲まない酔いで、氏は小さな卓をはさんでいる私にむかって、次第に熱心に話をはじめられた。刀のつばから鉄の話、陶器の話、三輪山の蛇の話とすすんでいくうち、突然、ふっとことばをとぎらせ、しばらく手の中の盃をみつめるようにしたあとで、

「才能のね、山があるんだよ。ここに、こう、才能の山がある」

　空いた掌でゆっくり私の目の前にまるいこんもりした山の形を描いてみせた。

「それを今の小説家どもがもっこかついでいって、山のはじからきり崩して、その土をまきちらしているんだ。こんなことしていて……今にみてごらん、みるみる才能の山が消えて失くなって……その時になるとあわてたってはじまらない。今にみてごらん、こんなことしてたら山がなくなってしまうんだよ。どうするつもりなんだかねえ」

私はショックを受け、口もきけずまじまじ氏の端正な顔をみつめていた。木の一本もない赤土色の山の裾に蟻のようにむらがっている「小説家ども」が見えるようであった。達人は人を見て法をとくというから、氏は頭の悪い私にもわかり易い即物的な比喩を選んでくれたのであろう。

「才能というものは、本来、そんな、もっこかついで盗んでくるようなものじゃないんだ。自分の中から湧いてでるものを汲みだすものだ。昔の小説家は少くとも自分の中に湧きでる泉を持っていた」

私は恥も忘れて軀をのりだした。

「今、才能の山へ盗みにいかないで自分で書ける小説家というのは、たとえば誰ですか」

「……水上勉かね。あれは自分の中に持っている」

谷崎潤一郎氏が水上氏の作品を絶讃されて間もない頃だったので私はこの時くらい水上氏に嫉妬したことはなかった。

「谷崎さんも水上さんの小説をほめていらっしゃいました」

「へえ、そうかねえ、ぼくはこのごろ小説はほとんど読まない」

聞いている私はいささかも酔っていなかった。向いあっている小林氏のお酒が不味くならない程度に、私も夕食の時からずっとおつきあいで盃は運んでいたけれど、その日初めて逢い、初めて話をする畏敬する大先輩の前では、全身が緊張して硬ばり酒は抹茶のような神経覚醒作用しか及ぼさなかったのである。

この夜、文学について語ったもう一つの氏のことばがある。

「ぼくは、小説が書きたかったんですよ。小説家になりたかったんだ。どうしても小説が書けなかったから、仕方なしに評論みたいなものを書いて終ってしまった。小説が書けてたら、評論なんか書かなかったね」

私はホテルに帰りつくなり、氏の話されたことごとくをノートした。私の頭は聞きたい話を聞いた時だけは、性能のいいテープレコーダーの役目を果すように訓練づけられている。

先日、ある席で、里見弴氏と永井龍男氏と同席し、お二人の話を聞く機会に恵まれた。その時里見氏は永井氏の作品集のお礼に、

「作者が丁寧に書いた作品は、読む方も自然丁寧に読まされる」

といわれ、永井氏は、

「自分のしたこと思ったことをそのままに書いたものなんて小説とみとめない。小説はあくまでこしらえるものだ。随筆ふうの小説なんてものはない。随筆としかいえない心境小説は、随筆と呼ぶべきだ」

という意味のことを話されていた。

今、新年号の雑誌をずらりと並べて、この原稿を書き始めようとしたら、この三人の言葉が浮んできた。

才能の山からもっ、こ、に盗んできた土で書いた小説か、自分の中にあふれる泉をインキにして書いた小説か、読みわけるのは達人でないと出来そうもない。けれども「群像」、「新潮」、「文學界」、「文藝」、「展望」、「世界」、そこへ「風景」も届いてしまったので加えて都合七冊の雑誌を読んでしまったら、やっぱり、いくらか自分の考えもまとまってきた。

この欄のこれまでの小説家の批評もついでに読み直してみる。なるほど、小説家の批評というものは、批評家の批評よりは心のやさしさがのぞくものだなあと思う。ちがった表現をすれば、批評家の批評というのはいやが上にも頭の良さをみせびらかすような仕組になっており（若い人ほどその傾向あり）、小説家の批評というものは、頭の良さそうに書けば書くほど、かえって頭の悪さがのぞいて人の好さの方だけがあらわれるということを発見した。何と、相手をおもいやり、おずおずと批評しているだろう。小林秀雄氏の言ではないが、今月の雑誌の小説と、評論を読み比べてみて、頭のよすぎる人間は小説家になれず、批評家で終るのだろうかと思ったことである。

小林秀雄氏が酔って、小説家になれなかったとつぶやいた時の、ある種の憧憬の浮んだ物哀しい美しいまなざしを思いだす。

以前から感じていることの一つだが、文芸時評をするのに、小説の筋を概略するという習慣はどうにかならないものだろうか。

作品をおそらく読んでいない読者を対象にした新聞の文芸時評はさておいて、一にぎりの純文学の読者を対象にしている文芸雑誌の中でも、その必要があるのだろうか。「群像」の創作合評会には、必ず当番らしき人が、座談会の冒頭で、取りあげる作品の説明を長々とする。出席者は勿論、読んでいる筈だから、あくまでそれは読者へのサービスなのだろう。しかし、およそ「群像」を読み、この合評を読みたがるような読者なら、純文学作品の梗概など読ましてほしいとは思わないのではないだろうか。たとえば三百枚の作品を、三、四分の言葉にまとめて説明されたのでは、作品の筋も構成もニュアンスもあったものではない。何より、純文学作品とは、一行一行、一字一字が互いに密接に呼応しあっていて、行間からも無数のことばをささやきかけるものを指すのではないだろうか。大衆小説や中間小説の説明なら、出来るかもしれないけれど、純文学の小説の筋の説明などおよそナンセンスだと思えて仕方がない。第一、自分の小説を何行かにまとめてこんなことを書いてあると説明され、満足した作家があるだろうか。要するに、口でまあざっとこんなことが書いてある小説ですと、説明出来るような小説は純文学小説ではないのではないかしらと私は考えている。

同時に、批評家が、この小説は、作者がこういう考えで書いてあると断定的に自信ありげに説明されると、やはり、ホントカイナと首をかしげたくなってしまうのだ。たとえば「文藝」の江藤淳、吉本隆明氏の座談会の中でも江藤氏が「抱擁家族」について「小島信夫氏の『抱擁家族』をお読みになったかどうか。これには感心しました。個人になることがハイカラなことだと思っていた人間が、バラバラの個人個人になって、一つの家庭を形成してみたら、完全に裏返しされた巾着のようになって、なかみはなんにもない。巾着の中身は一銭も入ってなかった。一銭も入ってない巾着が、お互いにたくさん入っているような顔をして動いているわけですね。そのなかにほんとうの個人が、アメリカ兵の形で、外側から入り込んでくると、どうしていいかわからない。だれもどう収拾していいかわからない。アメリカ式の家を建てて、冷暖房付にすると、アメリカ式の家庭ができて、そこには充実した個人同士の関係があるだろうというような見当をつけるほかない。しかし本当に回復しなければならぬものは何だろうか、というような問いがこの小説のなかから自然に浮んで来るのです」

と、説明している。これだけみても、何と小説の説明や批評が不確かなものかという印象をうける。作家に聞いてみなければわからないけれど、「抱擁家族」というのは、こういうふうに理路整然と説明しつくせない「人間」という怪物の内部や生の、もやもやした暗がりのところを苦しがって嘔吐をはくように、それもうまく出ないので自分の掌を咽喉に無理におしこんで吐きだそうとして背中をあえがしている、そういうせつなさが書かれているのではないかしらと考えてしまった。小説というものは読む度、江藤氏のことばのように、何かの問いをひきだしたり、登場人物にきっぱりした意味づけを与えたりしなければならないものだろうか。先日、遠藤周作氏が「風景」の私との対談の中で、

「『海と毒薬』なんてぼくの小説は、作中人物を裁こうなんて気は全然ぼくにはなかっ

たんだけど、それが反戦小説みたいにとられて困ってるんです。最も単純にいえば、自分があの状態に置かれたら同じことをしたかもしれないということですよ。そういう連帯感で、作中人物とおれと結びついている。だから自分を投入することができるわけだ。あの中に出てくる諸人物にぼくを放りこんで書いているけど、とてもあのモデルたちを裁くことができないという感じになって、それで同世代の人たちの評論を読むと抵抗を感じちゃうんだ」

という発言があったのを思いだす。もちろん「抱擁家族」の説明で江藤氏は何も裁いているわけではないけれど、すぱっと、一刀で裁ちわったような整然とした説明が、私に「文学と思想」という大きな問題にまで拡がって首をかしげさせるのである。

小島信夫氏の「群像」の「疎林への道」は、私の読み方ではやはり、小島氏が、理窟や、論理で説明しきれない、人間の不器用な生のありかた、愛や理解の限界と孤独の深淵、そういうもろもろの矛盾と悲哀をひきずっている人間の不様な生そのものへの、作者のどうしようもない愛憐の情、そんなものを感じさせられた。この小説も同じ誌上の吉行淳之介氏の「星と月は天の穴」も、筋や内容を説明しようとしてもしきれないものである。そんなことを作品自体が拒否しているような小説である。私は自分が小説書きだし、えてして、「説明され易い」小説を書いてしまうため、こういう筋の説明を拒んでいるような小説にかくべつ魅力を感じるものである。しかしそんな私でさえ、自分の小説を何行かで説明されているのを見て満足したためしはないのである。

吉行氏の作品は、今月読んだ中で私には一番感銘がのこった。小説を読む愉しさというものは、好きな料理をたべるとか、好きな酒をのむ愉しさに通じるものではないだろうか。その点、「星と月は天の穴」は、私の味覚に最も好ましかった材料と味つけの料理とでもいうしかなく、たとえていえば、上等のフォアグラのような味がした。舌の上でとけ、微妙に口中にひろがっていくあの官能的な味と、たべてしまった後で唾がもう一度舌の裏がわや頰の内側からじゅっと誘い出されるようなおいしい後味がのこる。

前月号のこの欄で、菊村到氏も書いておられたが私もデテールに気の配られた小説が好きだし、やはり、最初の行からきちんと読むことは少く、単行本でも雑誌小説でもぱらっとめくってあいたところ、目の止った行から読む。二十行読んでおやっとか、はっとか、させてくれない小説はもう読まない。今の自分に無縁だと思うからである。たとえばこういうところがと、吉行氏の作品のどの頁から引用してみせようかと思って、私は全く驚嘆してしまった。百六十枚と書かれているこの作品の、どの頁、どの行をとっても、そこに無駄な文章とか、文字が一行一字も無いのである。人が書けば軽くなる会話、四十の小説家と、得体の知れない不良少女や、コールガールの会話ですら、一行が他の一行と密接な呼応を示し、ぬきさしならない重さでそこに存在している。

脂の乗りきっている作家が自信にみちて書いている時にはこういうおいしい作品を書くものかと改めて肌ざわりのあるような、活字づらを眺め直してしまった。

「『十七歳か。厄介な年頃だな。』

『はやく、しかるべきところに嫁にやってしまおう、とおもっている。物騒だからね。』

『まったく、物騒だ。』

女店員の持っている大きな庖丁が、その重味だけでやわらかいチーズ菓子の中にゆっくり喰い込んでゆく。馴れぬ仕事に上気しているのか、女店員の耳朶が薄赤くなっている。生毛が銀色にひかり、耳の穴の傍にホクロが一つ見えている。不意に、矢添克二は、まだ会ったことのない友人の娘の若い裸を想像し、鋭い欲情を覚えた。」（「星と月は天の穴」）

たまたま開いた頁からこう引用していて、私は河野多恵子氏の小説を思いだした。庖丁がチーズに入るところとか、女店員の顔の描写など、河野氏が好んで大切にしたがるデテールのきらめきだからである。

河野氏は今月「文學界」と「風景」に二作書いている。彼女はこの二作の注文を受けたことを電話で私に話す時喜びのあまり、上ずらないようにつとめて押えている声が震えていた。

「純文学雑誌の新年号ですからね」

というのである。私がわざと今時、新年号も何もあるものかと厭がらせると、彼女は即座に、だって、表紙に金《きん》がつかってあるわよと答えた。なるほど「群像」と「新潮」の表紙は金がつかってあった。「文學界」の新年号にこれで三年たてつづけに小説を書いたというのが、芥川賞をとって以来文芸雑誌にしか書かないできた彼女の何よりの誇りであるらしい。

彼女とか、大家では網野菊氏、尾崎一雄氏のような、所謂純文学以外には雑文といえども手を染めないという文学的貞操のようなものを押し通す生き方は、昔も今も、文学にたずさわる人間には一種の憧れを抱かせるし、日本の文壇というところは、そういう文学的清潔さ、あるいは修身に格別感動をみせる場所でもある。せまい文壇ギルドでは、作家の個人的生活もいつとはなくツーカーになっていて、あの清潔な仕事ぶりでは、生活も楽ではないだろうという様な想像にまで及び、一層、彼等は、人格も作品までもが神聖視されてくる傾向がある。私もそういう清潔さ、貞潔さに人一倍感銘を受ける方ではあるけれども、他の人は知らず、親しい河野氏を見る限りに於て、彼女は、どう苦心したって、中間小説とか、気楽な雑文とかは一切書けないのである。そういうものを書く能力がはじめから欠けているのである。それは才能のせまさ、貧しさの一種といえないこともなく、大してほめられたり自慢になることではない。ただし、そういう才能のせまさの故に、ただ一筋の野中の一本道だけをわき目もふらず歩きつづけられるということは、小説を書く場合には何という幸福な生れあわせであろう。文学を書きつづける上において、そういうせまい不器用な才能を恵まれているということは何より大きな恵まれた条件だと羨ましくなる。そして、その生活態度や、清貧というくらしむきなどには一向に感心しないけれど、彼女が一筋にその細い清潔なそして淋しい道を歩きつづけることによって、彼女の理想の文学のかたちに、一歩一歩近づいていく根気強さ、執拗さは何と見事だろう。

「私のようにお金にも人気にも関係ないものは、せめて文芸雑誌の新年号に書くという里程標でもなければね、頼りなくて」

といった彼女のことばに私は感動した。二つの彼女の「新年号作品」は、彼女の頭に描いている「新年号」の「重さ」の中でも決して恥しくない作品になっている。生活なんかはどっちでもいいのではないだろうか。要するに、作家がどんな生活の中からでも、創り出した作品だけが問題なのである。河野多恵子の見事さは、彼女の作品の見事さですべてである。

河野氏の「新年号」観は時代遅れだろうか。

私はやはり、特定の読者しか対象につくっていない文芸雑誌ならば、せめて「新年号」くらい、目のさめるような作品で埋めてもらいたいと思う。流行作家といわれる作家は一切遠慮して、三十年以上書いてきた作家だけに書かせるとか、その一年寡作だった順番に書かせるとか、もちろん純文学作品だけで。週刊誌一年一本などという寡作はない。持ちこみ原稿だけで埋めてみせるとか、そんなお祭りをしてもらいたい気がする。「新年号」をこれだけ眺めても、大して変りばえもしないし、胸の踊り上るようなショックを与えてくれる作品も少い。

「新潮」の目次の爽やかさをみて、おやっと思った。どうしてだろうと思ったら、作品の題名の横に百枚とか八十枚とかいう枚数の誇示がなかっただけのことであった。このごろの文芸雑誌に、何故枚数が示されているのだろう。作品の重さ、大きさというものは、枚数とは関係がないくらいは誰だって知っている。しかも時々えてして枚数にサバがよんであるにいたっては何の意味だかさっぱりわからない。

たとえば、永井龍男氏の「ちっちゃな靴下」は、三十枚くらいの短篇だけれど、その横に並んでいる水上勉氏の、その三倍か五倍の長さの「天の橋立」と比べて、読後の印象が弱いとか薄いとかいうことはないのである。

永井氏の作品は、里見弴氏の言を思い出すまでもなく、読者の目を一字一字にしばりつけ、なかなか先へすすませてくれない。これは河野氏のものにも共通することで、作者が書く時、文字を選びぬくので、その汗と脂で文字がべっとりと混って、読者の目を吸いよせてしまうのだろう。

「天の橋立」は、もっこのいらない作者の作品だと思って、緊張して読んだけれど、水上さんのものとしては、何だか、きゅうくつそうですっきりしない。長篇ならもっと変るのだろうけれど、この号にかぎっては男があいまいでいい子ぶっている感じがする。大岡昇平氏の「在りし日の歌」が「小説」として目次に入っているのには異論が出るのではないだろうか。けれども、小説であろうと、評論であろうと、そんなことにかかわりなく、私には、吉行氏の作品と並んで、今月一番面白く読んだ双璧だった。

これは私の好みなのか、或いは年をとったという証拠なのか、近頃、文芸雑誌でまず読みたいのは小説以外のものである。

広津和郎氏の「年月のあしおと」、伊藤整氏の「日本文壇史」、平野謙氏の「わが戦後文学史」、河上徹太郎氏の「文学時評」、小林秀雄氏の「本居宣長」など、読む時は、気が楽で、愉しいし、読み終って、ああ読んでよかったと思う。

小説のある場合のように、読んで時間が損したなど思うことはまずない。しかし若い評論家の気負いたったような評論の場合、下手な小説を読んだ時よりも読後疲れがのこるのも私の年をとった証拠かもしれない。

小説でも、評論でも、読後おいしさに唾が湧くようなものが私は好きだ。

宇野千代氏の、最近つづけていられる一連の私小説らしい作品を私は愛読している。最初の「刺す」などは、絶品だと思った。私小説のもつ、押しつけがましいいやらしさがなく、哀切の感が抑制された詩的な文章の行間から漂いあふれて、読後、人間の哀しさに涙が滲んだものであった。けれども、次々発表されるにつれ、最初の「刺す」のあの間然するところのない玲瓏《れいろう》とした感じが弱くなっているように思う。

今月号の「落ちる」は、夫と妻が決定的に別れをつげる場面で、最も劇的な筈のところが、実に美しく、しみじみと描かれていて、それは美しいかもしれないけれど、何だか、だまされているような感じがして、読後落ちつかないものがのこった。

女主人公が、別れをつげ去ってゆく夫に対して、あまりに何もかも宥《ゆる》してしまっているのが、そのせいらしい。それはたしかに、この女主人公は、外に女をつくり、出てゆく夫に長い時間をかけて馴らされてゆき、決定的に別離の場面では、もう動じなくなっているのかもしれない。一種のトーンをふくんだ、フリュートの音のようなひびきかたをする美しい文章で歌われても、女が男に自分の心からではなく去ってゆかれる苦しみは、こうもすがすがしく歌われてすむのだろうかと首をかしげたくなる。

「ながい間、私のところに留まつてゐたことが、良人の私に対する思ひやりであつた、と考へることで、私はそのときも、安らかになつたのであつたから。涙が私の心を甘く包んだ。急いで、私は何かすることを探すために、仕事場の方へ上つて行つたのであった。」

この場合の涙が本当に甘かったにしても、小説の中で甘いといいきってしまわれたら、やっぱり首をかしげてしまうのである。今、写していて、この文章が前から誰かに似ていると気がかりだったのがやっと思いあたった。宇野浩二の「思ひ川」の文章とどこか呼吸が似ているし、ひくくつぶやいているような感じに共通点がある。ここまで書いて来て、はっと、気がついたことがあった。作者はこの一連の作品の中で、何を書こうとしていたのか、ある女と男の二十五年にわたる、結婚生活とその破鏡を書くのではなく、男の変節にかかわりなく、男を愛しつづけずにはいられない女の愛の哀しさと、その後にもたらされる別れの時にさえ輝く至福を歌いたかったのではないだろうかということである。

宇野浩二氏の「思ひ川」が、男の側から書いた一大恋愛小説であるように、この一連の宇野千代氏の作品も、一大恋愛小説だったのかもしれない。宇野千代氏は、別れを書こうとしたのではなく、永い恋愛放浪の果にようやくつかみえた、変らない愛の至福、捨てられても裏ぎられても愛することの出来る浄福を、ありきたりの「業」というような角度からではなく、日本には珍しい恋愛小説として書きたかったのではないだろうか。

そう思って読むと、最後の章の、男が自分の荷物をトラックにつみこんで、女の家から出てゆくのを見送る場面——ここを書きたいために、作者がこの小説を書きつづけてきたような気さえする圧巻の、最後の行が、読み返されてくるのである。コレットの「シェリ」の別れの場を思わず思いおこさせる文章である。

「『行つてらつしやい』『じやア、』鞄を下げたまま、低いくぐりを抜けて出て行つた良人の姿は、トラックと電信柱の影になつて、すぐに見えなくなつた。私は走り出た。良人の姿を、もう一度見ておきたいと思つてでもゐるかのやうに。良人は振り返らなかつた。がつしりした肩つきも、一歩一歩、足を踏みしめるやうな歩き方も、私には見馴れたものであつた。そして、二度とこの家へは帰つて来ないことが分つてゐても、そのとき、私の心に浮んだものは、悲しみとは遠い、ある別のものであつた。良人の行くところで始められる生活が、それを良人が望んだことによつて、私にもまた、望ましいと思ひたかつたからであつた。」

読み終ったあとに残る余韻は、浄瑠璃の哀調に通じるものがある。この女は宇野千代氏が創った現代版「おさん」であったかもしれない。

宇野千代氏が、無意識的にも意識的にも「女」を描こうとしているのに対し、円地文子氏の「生きものの行方」には、もう「女」らしさの甘えを意識してかなぐり捨てようとした気魄《きはく》が張りつめている。

「梶子は夫を持ち、子供を生み、母親と共に住んで、他眼からは女一通りの通る道を歩いて、老年に踏み入らうとしてゐる。しかし、梶子の内に蔵はれてゐる意欲はいつも不敵で、家の屋組みの内に静かにひそまつてはゐなかつた。謀反を常に企てようとしながら、その成功しないことを知つて、余儀なく家の中に自分を居据らせて来たのが、梶子の執拗で陰険な生き方であつた。」

こういう女は家に飼う動物や、女中たちから、次々去られていく。

「あいつは本当に猫冠りの厭な奴だつたと思ふ……でもね、それより以上に私が口惜しくつて、じりじりするのは、私自身に魅力がないといふことなのよ。いろんな文句を一切合財、封じてしまふ魅力が私にないといふことなのよ。」

同じ「去られる女」を描きながら、この凄まじさは、全く宇野氏の作品とは対照的である。そしてやっぱり、小説とは、こういうぎりぎりの、自己を突き放した非情さで書かれたものの烈しさ厳しさに現在の段階での私は、一番牽かれ、身震いするような共感を感じるのである。

ただし、この後につづく最後の四行は不必要なのではないだろうか。

（「文學界」昭和四十一年二月号）

本とつきあう法

生れた家が商家だったし、父母とも中学も出ていなかったので、物心ついた時、本らしい本はあるはずがなかった。幸いなことに、ふたり姉妹の姉が、私より五歳の年上なので、私は必較的早く姉の買う本をいっしょに見るという立場におかれた。母は教育のない女だったけれど子供の時から本ずきで、家の手伝いもせず、村の貸本屋の本ばかり読んでいたと叔母たちが話してくれた。そのせいもあってか、子供にも玩具より本を買い与えたがったように覚えている。

姉の小学校の先生に文学趣味の古島という女の先生がいて、姉といっしょに、私まで可愛がってくれた。私は幼稚園がひけると、庭つづきの小学校の、五年生の姉の教室に行く。そこでは、窓ぎわの一番前の机と椅子が私のためにあけてくれてあって、そこへ私はちょこんとかけさせてもらえるのだった。古島先生はそんな私にクレオンや紙は与えず、絵本を渡してくれる。紙の厚い大きなキンダーブックだった。それを見るのに退屈すると、わかるような神妙な顔つきをして姉たちの授業を全部聞いていた。おとなしかった姉はいわゆる先生のごひいきの子で、日曜などもよく先生の家へ遊びにいったし、私はいつも姉の腰巾着でくっついていった。それは姉が女学校へ入り、私が小学校へ上り、先生が学校を変ってもつづいた。

古島先生の部屋の本棚には新潮社の世界文学全集や、改造社の日本文学全集が揃っていて、いつのまにか私はそれを片っぱしから読む癖がついた。どうせ、わからないと思っていたので先生は、私のひきだすままに貸し与えておいたふうだった。そのうち、私自身も小学校の三年生の時、文学好きの広田先生という女の先生の担任になり、この人は学校を出たてだっただけに、新しい教育の理想に燃えていて、その実験用に私を使うことを思いついたらしい。私は毎日一人残されて、先生から、特別の課外授業をされるようになった。その方法は、白秋や藤村の詩を片っぱしから暗誦させることと、アンデルセンやグリムの童話を一日一つくらいの平均で覚えさせられることだった。童話は雨の日など、クラスのみんなにむかって覚えている分をお話させられる。ところが子供のことなので、そう覚えこんでもいない。忘れると、苦しさのあまり、途中から勝手に筋をつくってしまう。そんなことをくりかえすうち、お話をつくることが面白くも上手にもなっていった。

白秋や藤村の詩は正直いってさっぱりわからなかったけれど、あのなめらかな語調や、日本語の美しいしらべは、子供心にも自然にしみついて、私は小学校を出る頃、小説家より詩人になりたいと心ひそかに思うようになっていた。

そんなころ読んだ世界文学全集の何が印象にのこっているかといえば、トルストイの

「復活」の、川の氷のわれる音が本当に聞いたように耳に残った。

女学生になってからは、姉の蔵書も増えていて、文学少女だった姉は、岩波の翻訳本や林芙美子の本を集めていた。日本の女流作家ではじめて読んだのは林芙美子で、「放浪記」より「清貧の書」を好きだと思ったのを覚えている。

岩波文庫ではシュトルム、シュニッツラー、メリメ、ドーデー、ジイド、モーパッサン、ワイルド、プーシキン、チェーホフ、ツルゲーネフ等の名を識《し》った。それらはほとんど姉の本棚にみつけたもので、自分では、ボードレールや、ヴェルレーヌ、ランボオ、コクトオ、ハイネの詩集を集めたりした。一時はリルケに熱中して、明けても暮れても、リルケ、リルケ、リルケだった。

東京女子大時代は、田舎の女学校で英語に自信がなかったので国文科を選び、入ってまもなくしまったと思った。私はもうその時、心の底で小説を書いていきたいと思ったから、女子大へ入ったのであったけれど、国文学は、小説を書く上に大して役に立つように思われなかったからである。そのくせ、入学した年が昭和十五年、いわゆる二千六百年祭の年に当っているような軍国調一色に塗りつぶされていく世相の中で、県立女学校のスパルタ式の良妻賢母教育と新渡戸稲造の自由主義思想に基く東京女子大の教育法のギャップにとまどってしまって、当時は生真面目な忠君愛国のガリガリ少女だった私は、勉強への熱意を失ってしまった。

「およそまことなるもの」とラテン語で飾られたライト氏設計の快適なライブラリーで、

私はせっせと西鶴に読みふけった。勉強し直して英文科を受け直すという才覚も浮かばず、年毎に虚無的になって、不勉強になっていった。源氏が面白かったのと、漢文では詩経の時間が楽しく、当時の私には近松より西鶴の方が面白く、元禄文学辞典はどの辞書より愛用した。岡本かの子の晩年のあの最盛期が、私の女学生時代に当ったので、女学生の頃かの子は読んだものの、本当にかの子が理解出来たのは女子大時代だったし、卒業論文にかの子を書いた。

チェーホフとドストエフスキイとジイドと、泉鏡花と谷崎潤一郎と永井荷風をすみからすみまで読んだぐらいが、女子大の読書量で、戦争のため半年繰上げの卒業を迎えた時は、私は心から嬉しく、もう婚約し、式だけは挙げておいた夫に従って、卒業式にも出ず、さっさと北京に渡ってしまった。

終戦の翌年の七月、引揚げるまでの北京での結婚生活は、私の生涯で最も貧しい読書量の時代である。

夫は支那古代音楽史の研究をしていたから、北京の彼の部屋は四囲の壁は天井まで、青い帙《ちつ》入りの漢籍で埋っていたが、私はこの結婚生活に入る時には、小説家になることなど、きれいさっぱりあきらめていて、学者の卵のいい妻となることだけを本気で考えていた。私は麵をうつことや、餃子をつくることが上手になりそれで結構満足していた。

北京の三年間に、私の読んだ本というのは、宇野千代の「人形師天狗屋久吉」と松岡譲の「敦煌物語」のたった二冊なのだからすさまじい。

けれども今になってこの二冊を思いだしてみると、私は私の本にとりかこまれた他のどの時に読んだものよりも心に沁みとおって印象にのこっているし、どの本よりもたっぷりの、豊かな夢を見させてくれたことに気づく。小説を書くようになった今でも、この二冊は早くから需《もと》め直して、いつでも身近に置いている。天狗久の影響は、伝記文学への興味となって残ったし、敦煌物語の影響は、シルクロードへの憧れをかきたて、小説を書きはじめの頃、まず、「吐蕃王妃記」という拙い習作を書いて夢の一部を果たしたし、いつかは絹の道を舞台にした、うっとため息の出るようなロマンを書きたい夢はまだ私の胸の底に残されている。

終戦の翌年の夏、引揚げて来て、足かけ四年ぶりで本を読みはじめた時は、活字という活字がかみつくように目と頭に飛びついてきた。北京時代、よくもああまで活字に無縁に生きられたものだと、ぞっとした。太宰治と織田作之助の名は女子大時代からすでに識っていたけれども、坂口安吾は終戦後はじめて識った。安吾の「堕落論」は、敗戦と引揚げで混乱しきっていた私の精神の方向に、はっきりした指標となってくれた。花田清輝の「楕円幻想」とか「錯乱の論理」は、真空状態の頭の私を目を洗われたような気持にしてくれた。女子大時代の親しい上級生の御主人の名としてしかしらなかった福田恆存が、ユニークな文芸評論を書く人だと識ったのはショックだった。まるで島流しに逢っていた人間か、狼少年のような無知の好奇心で、私は帰国当時、夢中で活字に溺れていた。この頃は、日本人の書くものしか興味がなかったし自分自身がどう受けとめていいかわからない戦争の終末、同じ日本人の、文学者がどう受けとめているか識りたい気持でいっぱいだった。その頃読んだもののすべてに影響されて、私は、小説を書きたいという切望をふたたび思いおこし、もう、それまでの結婚生活に耐えられない人間になっていった。

引揚げて三年めに、ひとりになってからは、いつか小説を書きたいという目的のためにだけ本を読むようになった。

それから上京し、京都にゆきまた東京に帰るまで、私の半生では最もどん底生活をすごしたけれど、この頃は現実の生活の惨めさや貧乏など、本を読んでいる幸福の前には全く忘れていられた。翻訳物の古典、特にドストエフスキイやトルストイやチェーホフなど、ロシヤの作家の物が当時の私には心にしみた。別れた夫の友人のひとりに、その頃の私に、マルクスやエンゲルスやローザ・ルクセンブルクや、宮本百合子や小林多喜二やその他唯物史観の啓蒙書をどしどし送ってくれる人がいて、この頃はじめて、私はそういう物の見方、人間の考え方についてしらされた。特に京都時代はそういう思想の若い人たちとつきあい、人間が単純だから、文学などやめて女革命家にでもなりたいような気持にさえなっていた。そんな中で野間宏の「青年の環」に衝撃をうけた。

京都から上京して、福田恆存氏にすすめられ、「文學者」に入って以来、私の読書傾向はいつのまにかまた、文学一辺倒になっていた。「文學者」で小田仁二郎とめぐりあったことで、私は彼の「触手」を読み、空恐しくなった。昭和二十八年のことだった。

それ以来、様々な感動を与えられた本にめぐりあって来たけれど「触手」を読んだ時の激しい愕《おどろ》きと、全身が震えだすような感動を上回るものにはめぐりあっていない。私にとっては「触手」は私の文学の上でも、人生の上でも、決定的な意味を持つ作品であった。福田恆存氏が「触手」のあとがきに「日本のプルースト」だと評してあったことばに刺激され、プルーストの「失われた時を求めて」を読了した。それから八年間、私は小田仁二郎の影響下に小田仁二郎の読書の後を追いつづけた。結果として、二十世紀文学への目をひらかれたのと、作品の高さ、低さということをほとんど皮膚感覚的に、彼から教えられた。

この期間、私の本を読む目は小田仁二郎の目でもあった。彼は、私に必要なものとして「アドルフ」と「テレーズ・デケイルウ」をくりかえし読むことを教えた。

昭和三十年から、漸く私は小説を書きはじめた。最初の小説を「文學者」にのせてもらったのがこの年で、それ以来、私の読書はそれまでとちがった様相をおびてきた。楽しみに読んでいたすべてが、もう一度真剣に「小説を書くために」読み直されてきた。そうなると、外国文学の骨組のたしかさと、スケールの大きさと、思想の深さに改めて圧倒されて、手当り次第翻訳小説を読みあさった。

そんな中でコレットにめぐりあった。「青い麦」も、「牝猫」もよかったけれど、「シェリ」及び「シェリの最後」を読むにいたって、私はこの異国の老女流作家に、深い精神的な血縁を感じた。

フランス語の出来ないのが実に残念だった。色んな人の訳で「シェリ」は出ているけれど、川口博氏の訳が一番気品があって素直で私にはぴったり来た。

川口さんに一度逢って、コレットについて色々教えてもらいたいと思っているうちに若くしてなくなられたということを聞きがっかりした。川口さんの生前どうして無理にも逢っておかなかったのかとくやしい。紹介してくれるという人もあったのに私の妙なくせで、一番尊敬していたり、逢いたい人には気おくれがしてチャンスを失ってしまう。

コレットの生涯も、その小説同様に私には魅力がある。最近人の伝記ふうのものを書くようになったけれど、それにつけてもフランス語を今からでも勉強して、コレットの死んだ八十二歳まで生きて、コレットの伝記を書いてみようかしらなどという野心も生れてくる。六十三歳で三度めの結婚をしたコレットの生命力が私には憧れをよぶ。

ボーヴォワールの書いたものを読むと晩年のコレットはずいぶん意地悪婆さんだったらしいが、その意地悪婆さんぶりまで惚れた弱みで面白く見えてくる。少くともボーヴォワールよりは、コレットの方が骨の芯から小説家だと思う。

コレットが「シェリ」を書いたのは四十八歳だし、「青い麦」は五十一歳、「シェリの最後」は五十四歳で発表されている。決して早熟な作家ではなかったこと、長い年月をかけて、次第に自分の鉱脈をさぐりあてたむしろ晩成型の資質であったことも、私には勇気づけられるものがある。

五十歳から六十歳になって、「シェリの最後」や「牝猫」のようなみずみずしい官能の世界をこれほど美しく描けるコレットのような作家は、今も私の憧憬の的である。

　モーリヤックをくりかえし読み、特に「テレーズ・デケイルウ」は、書き出しが暗誦出来るほど読んでいる。小説家として世間を歩くようになってからも何か、気負いたって書きたいものにぶつかった時には、いつのまにかテレーズをひろげて、高ぶりすぎた心を鎮めるためにも自分の内部にみちあふれ、出口を求めてあえいでいる、表現されたがっている作品のいのちに出口を与えるきっかけをつかむためにも利用しているのに気づく。テレーズは、私にとってはほとんど分身のようななつかしさを感じさせられる。私は今も無宗教だけれど、カソリック作家の書くものがどういうわけか心にかかってならない。グレアム・グリーンも、モーリヤック以上に好きな作家だし、特に「情事の終り」は、何度読みかえしても飽きない。二十一の短篇集の中に収められている「無邪気」は短篇中の傑作の一つだと思っている。こういう私がアメリカの作家の作品に捕えられるようになったのはむしろ遅すぎたと今では後悔している。

「花芯」を書いた後、人にヘンリー・ミラーを読むようにすすめられた。それまで何となくアメリカ文学は食わず嫌いで読もうとしなかったので、はじめてヘンリー・ミラーを読んだ後は深いショックをうけた。

　ユリシーズよりはるかに面白くミラーの生命力に圧倒され、押し流されそうな感動があった。性について、考えていたこと、書きたいことを、もう一度考えさせられ性について、書きすぎるという批難を真向から浴び、心が縮かんでいた時だったので、ひそかに勇気づけられた。自分が、手さぐりでさぐりあてていた性についての考えがまちがっていなかったことを識らされたような気がした。人間を、持って生れた生命力の過不足の観点から捕えようという考え方がいつのまにか私の中には生れており、その考え方と性との関わりについて考えていた私には、ヘンリー・ミラーとのめぐりあいはかりそめではない気がした。それ以来、アメリカの二十世紀文学を乱読した。

ロレンス・ダレルの「アレキサンドリア・カルテット」を識ったのはその後だった。四部作の中でも特に「ジュスティーヌ」には心を捕えられ、手垢で汚れるほど読んだ。漠然と自分で描いていた「小説」の典型をそこに示されたように思った。本に赤いラインをひいたり、読書のノートをとったりする習慣をもたない私もダレルの「ジュスティーヌ」だけは、真赤になるほど、線をひいたり、克明なノートをとったりした。あんまり汚くしたので、二冊めを需めたのは、この本だけだった。もちろん「黒い本」も需めて読んだ。作品を読んで作家に逢いたいとは思ったことはないけれど、ダレルにだけは一度逢ってみたいと思った。

伝記風のものを書くようになってから、一人の作家の全作品を克明に読み、その生きた時代の時代思潮や風俗や、社会的事件まで活字で逐《お》うようになって以来、私はいつのまにか、小説以外の本の面白さに魅せられるようになっていた。

特に、明治から、大正のはじめにかけて書いたものはすべて面白く、「青鞜」とその関係者を識るために読んだあらゆる雑誌や本は、すべて期待以上の興味と面白さを味わわせてくれた。

かつて、読まなければいけないと思って、読んだ時は、一向に頭にしみこまなかった社会主義の関係書が、今度はまるでちがった本を読むようにすべて頭にしっかりと入って来た。

辻潤の全著作と、大杉栄の全著作を平行して読むというような、ぜいたくな読書の醍醐味も、伊藤野枝を書いた縁だと思って有難かった。

自分がそういう仕事に興味をもったため、これまでよりずっと、いわゆる伝記文学や、作家の研究についての本を読むようになり、今ではどうもこの方が小説より、面白いと考えている。

けれども、伝記物とは、所詮、どんなすぐれたものでも、高度の「読み物」であって、所謂「文学」ではないのではあるまいかというのが私の現在の素朴な疑問である。伝記作者は、対象を、とにもかくにも、作者の力量の範囲内で「わかったつもりで捕えて」書くしかないし、人間は決して、わからない、捕えられないものだし、小説とは、その混沌の捕えられないところを、捕えられないままに描こうとするもので、そこに「文学」があるのではないかと思うからである。

そういう前提をおいて、この種の物ではツワイクでは「バルザック」が、アンドレ・モロアのものでは「プルースト」が最も私には面白かった。

（「週刊読書人」昭和四十一年七月〜八月）

読むこと

佐多稲子さんの「くれない」の中で、ヒロインとその夫が夫婦げんかをする時、評論家の夫が小説家の妻にむかって、「お前なんか本も買わないし、読まない」といって罵るところがある。妻も負けずにくってかかるが、全篇悲劇的なこの小説の中で、私は何度読んでも、この条《くだ》りにくると、何となくおかしさがこみあげてきて、思わず笑ってしまうのである。

この条りのどこにユーモラスなところがあるのかわからないが、男は本質的に読書家で、知的といわれ書くことを職業にする女でさえ、男にくらべたら、読書量は絶対少いし、本来、本を買ったり読んだりすることより、もっと実質的なことに心が適っているのだという永遠の法則がたくまずここにあらわれているのが、夫婦げんかの陰にこもったクライマックスに突如あらわれるから、おかしいのかもしれない。

もっとも、ここに「おかしみ」を感じるのは、私ひとりの感じ方で、作者はもちろん、他の読者も、一向にそんな感じはおこさないところなのだろうか。私は自分が読書好きだし、本を買うのは何を買うより心のみちたりる想いをするけれども、まだまだ自分の職業柄読書量が少いと思っている。

　女の作家仲間と話している時、自分の読書量が少いと思ったことはないし、これは大変だと、自分のまだ知らない本のことを知らされてあわてることもない。けれども、男の作家や編集者と話していると、必ず、自分のまだ読んでいない本のことが話題に出て、あっとあわてることが多い。

　男と女の頭の中がそれほど構造がちがっているとは思わない。しかし、私の知っている範囲では、どうしても男の方が本を読む本能と持続力に恵まれているような気がしてならないのである。

　本にも出逢いとめぐりあいの運命的なものがあって、その人間にとって、決定的な作用を及ぼすような本は一生に、一冊か二冊のものだから、そうむやみに、新しい本を読みあさり、追いかける必要もないという説も聞えてくる。たしかにその説にも一理があり、その通りだとうなずきながら、やはり私は人と人との出逢いが、これこそ、決定的で運命的出逢いだと思いこみながら、ある時期がくれば、そこに別れが待っていることがあり、次の人間との出逢いに、またしても運命的だと錯覚することがあるのと同様、書物との出逢いも、読む側の成長や、変り方によって、それが唯一の出逢いでなかったと思うことが当然なのだと思う。

　人間が死ぬまで、もうひとりの別の人間との出逢いを夢み、もうひとつのあり得た人生を心の中に描きつづけるように、人と本の関係に於ても、まだ、自分にとって唯一のほんものには、めぐりあっていないのではないかという不安が、次の本に向かわせるのかもしれない。

人間が自分と正反対の人間や、自分にないものを持った人間に惹かれがちなように、本の場合も、およそ自分には無縁のようなスタイルを持った文章とか、内容のものに、強く惹かれるのも面白いし、人がそれと意識せず、その時自分の体力に必要な食物、たとえば、疲れている時には、本能的に、ビフテキに手がのびるとか、レモンをのみたがるとかいうように、自然に生理の欲する食物を見わけているように、本もまた、その時、欠けている知的栄養の部分をおぎなおうとする作用が働いて、読書の傾向に、気がついたら変化がおこっていたという例も多い。

私はこの頃、むやみにアメリカの小説を読みたがる。中には読んでがっかりすることもありながら、次にはまたこりずに同じ種類のものを買い需めている。これは今、私の精神生理がそういう栄養を欲しがっているのだろうと考えて、自然の命令する嗜好にさからわないことにしている。

税金対策には、古書を買うことが一番よくて、古書は持っていると値が出るし、損にならないと教えてくれた人があった。

私は古書を読むのも嫌いではないし、必要もあるので、買うことは買っているけれど、それは必要にせめられ止むなく買うという感じで、新しい湯気のたつような「今の文学」を書いたちゃちな本を買ってくる時の喜びや胸のときめきは一向に覚えないのである。

私は二十歳の時断食療法をしたおかげで、肉体的には十歳ぐらい若いのだと医者に嬉しがらせられた、とはいっても、断食療法は私の目だけはとりのこしたらしく、私の視力はとみに衰える一方である。疲労のひどい時など、活字は薄墨を流したようになり、もうだめだと心の中まで暗澹としてしまう。ある朝、目が覚めた時、盲目になっていることを想像すると、いてもたってもいられなくなる。その時、自分の世話を誰がしてくれるだろうかという心配よりも、まず、書けなくなる恐怖がつきあげてくる。いつか森《もり》赫子《かくこ》が盲目になってセルロイドの桝目の枠をつくって手さぐりでその中へ原稿の字を埋めるというのを読んだことがある。そんなことをして書くには書いても、自分の小説の活字面を見ないで、どうして安心出来るだろうか。ラジオやテレビの朗読というものほど嫌いなものはない。

平家物語ならいざしらず、近代小説は目で読むためのものであって、音読して調子のいい文章などにろくなものはない。自分の小説のことはさておき、他人の本が読めなくなったら、私はどうして生きていけばいいのだろう。朗読では本の本当の心が伝わらないと信じている私には致命的な問題である。本を読まないで視力をいたわるよりも、今の私はたとえ視力の減退を速めても、もはや黄昏になった人生の残りに読める本の数を一冊でも増やしたいあせりに追いたてられている。

（「文學界」昭和四十二年六月号）

極楽トンボの記——私小説と私

私は今でも所謂私小説作家にはなりたくはない。小説を書きはじめた頃、私は自分が私小説を書こうなどとは夢にも思っていなかった。

生れてはじめて私の書いた小説らしいものは「ピグマリオンの恋」という四十枚の短篇で、題名の示す通り、ギリシャ神話のピグマリオンの自作の人形に対する恋物語からヒントを得たつくり話だった。その原稿を私は人もあろうに、福田恆存氏に送って批評を請うた。昭和二十四年の頃だったと思う。当時私は夫の許を飛びだし、京都に下宿住いして、大翠書院という小さな出版社に勤めていた。

そこは社長も社員も若く、当時二十代の半ばだった私とほとんど同年かもっと若い人たちばかりが集っていた。文学青年の社長をはじめ社員のほとんどが何か芸術にかぶれていた。常務に流政之氏がいたが、当時から氏は人がふりかえるようなエキゾチックな美男ぶりで、ゴヤ描くマヤ夫人のような美しい金持の未亡人と同棲しており、オレンジ色の粋なジャンパーに短い革長靴を履き、黒と白の縞の小粋なマフラーを首に結び颯爽としていた。その社は紙製品で儲け、その稼ぎで社長の趣味的な出版をやっていた。流氏は紙製品の方の常務で、商売が滅法うまく、次々斬新なアイデアで稼ぎまくってくれたが、それを私たち出版の方で売れない本ばかりつくったからたちまち会社はつぶれてしまった。私の手がけたのはトマス・アクイナスの「人間論」とかネルヴァールの短篇集とかだったが、校正が下手で誤植が多く、冗談に一つの誤植に十円の罰金をつけたら、たちまち私の給料はなくなってしまい足が出た。

当時の流氏は恋人をモデルにした油絵をしきりに描いていたが、まさか現在のような世界的な彫刻家になる人だとは夢にも思っていなかった。

私と机を並べて右隣に新章文子さんがいた。彼女は生粋の京都生れの京美人で、宝塚では久慈あさみさんと同級だった。当時は結婚に破れ、その社につとめる傍すでに童話を書きはじめ、その童話集を同社で出版する運びになっていた。私の記憶によれば、この大翠書院という社で売れて採算がとれた本は、彼女の「こりすちゃんとあかいてぶくろ」という童話集だけだった。新章さんは林芙美子氏にファンレターをだし原稿用紙に書いた林芙美子の返事をもらっていて宝のようにしていた。私の詩に曲をつけ歌ってくれているあなたの歌声が風の中から聞えてくるようですというような文句だった。新章さんは喜んで筍を送ってあげたらしいが、それには返事がこなかった、まさかそれから三年もたたない間に林芙美子氏が急逝するとは考えもしなかった。会社は芸術至上主義的雰囲気につつまれていたので、私のような無能な社員でも馘《くび》にせず、小説家志望だというだけで大切に扱ってくれた。

左隣の机にはやはり中学の先生をやめた小説家志望の人がいて、私は彼に誘われて生れてはじめて同人雑誌に加わった。「メルキュール」というその同人雑誌は文字通り三号でつぶれたが、私の小説は一度ものせてもらえなかった。仲間は野間宏氏を神様の様に思い、「近代文学」の文学理念を信奉し、思想的には進歩的な立場に立つ若い人たちばかりだった。私はいつでも彼等によってたかってやっつけられる対象だった。彼等はもちろん、誰も私小説など書く者はいなかった。私は彼等に認めてもらえない小説を口惜しまぎれに福田氏に送ってしまったのであった。

福田恆存氏に私の原稿を送ったのは、氏の夫人が私の女子大時代の一年上級の友人だったというよしみに甘えたものであった。

折りかえし福田氏から原稿用紙三枚にもびっしり書きこまれた丁寧なお返辞をいただいた。ところが、そのお手紙が、どういう間ちがいからか、私の郷里にとどいてしまった。まだ私の父が結核の療養をしながら退屈しきっている時だったので、父はさっさとその手紙を開封してしまい私より先に読んでしまった。父は姉を呼びつけて手紙の中身は見せず、

「このお方はどういうお方じゃ」

と聞いた。

「あら、偉い新進の批評家ですよ。だめじゃないのお父さん、勝手に晴美あての手紙を開けたりして」

「何をいうか。まだ離婚も成立しとらんのに、男の分厚い手紙など来ては親として検閲するのは当り前じゃ」

姉はもう黙ってしまった。父が退屈しのぎと好奇心で開いたのはわかっていたからである。父は不機嫌に語をついだ。

「要するにこの中身は晴美の小説はあかんということが婉曲に書いてある。あれはわしが小説などわからんと思うて自分が天才か何ぞのようにわしをいいくるめて仕送りさせようと、最近あの手この手でいってきとるが、この手紙ですべてパーだ。仕送りなぞは金輪際せんからな。無駄金捨てるだけ阿呆なことじゃ」

姉の事情報告と共に、福田氏の手紙がようやく私の許に廻送されてきた。それにはたしかに婉曲な、大層気をつかった文章で、この原稿ではあなたに作家としての才能があるともいえるし、ないともいえるという意味のことが書かれていた。父はないともいえるという方に重点を置いて読み、私は根が楽天的だから、あるともいえるという方だけを強調して心に受けとめた。福田氏の手紙は作品そのものについては一言もふれてはいられなかった。今、思いだしても、恥ずかしさのため一尺も飛び上りたいような気のする下手くそな小説である。

父は私が夫の家を飛びだしてしまった時、

「お前は自分の子供を捨てて家を出るというような大それたことしでかした以上、もはや人間では御座なく候、人間でないものは人非人に候、鬼に候、一度、人非人や鬼の世界に堕ちた以上は、今更人間の世界に還るなどという女々しい根性は一切捨て候て、せめて徹底的に兇悪な人非人か鬼ならば大鬼になられ候様それがお前の道と信じ候」というようなあて字だらけの手紙をよこし、それは覚悟の前だろうと、私にびた一文の仕送りや援助はその後一切断ちきってしまっていた。婚家にいた頃の私には無制限に援助してくれていただけに、これには私は大いにあてが外れた。父は福田氏の手紙を見て間もなく死んだ。私が殺したも同然だった。事実、父の葬式に帰った私に、姉は私がつい先日父宛に出した分厚い封書をつきつけ、一言、

「あんたが殺したのよ」

といった。その手紙は、私が半分やけになって、この際上京して、文学の道に入らなければ、私は死ぬしかないだろう。そのためには、父が死んでくれる遺産があるなら、今私にその三分の一でもいいから上京して生活のめどがつくまでの資金に送ってくれと、脅迫がましい手紙を送ったものだった。その効果を私は十中八九まで、当てにもしていなかったのに、父はその手紙に相当ショックを受けたらしく、

「馬鹿娘のために、もう一働きしなければならなくなった」

と、つきそいの看護婦だけにつげ、ひそかに療養のために建てていた別宅をぬけだして、町外れの旅館へ巡業に来ていた「金毘羅灸」というものを受けにいったのだった。もうストマイを何十本もうって、ほとんどよくなりかけていたのに、父は私の手紙であせったのであろう。頭のてっぺんに大きな灸を据えられた瞬間、倒れて、そのまま、わ

が家へも帰れず、その場末の宿の一室で死んでしまった。もちろん、私は父の死目にも逢えなかった。父のズボンのポケットに入っていたという私の手紙を見た時、私は父を殺したのは私だと重く実感した。子を捨て、父を殺し、私はいよいよ人非人となってゆく。父はもちろん福田恆存氏の手紙に読みとった通り、私の文学的才能に見切りをつけたまま死んでいる。

父の死んだ頃、大翠書院はすでにつぶれていて、私は京大の附属病院の小児科の研究室に勤めを移していた。

ここでの仕事は、博士論文作成のための研究実験をする医者たちのため、シャーレや試験管を洗ったり、実験用のラッテやマウスの面倒をみたり、培養基をつくったりすることだった。子供でも出来るような仕事なので、給料は最低だったが、私には居心地のいい勤めだった。私の勤めぶりが認められて私は図書室の勤務にしてもらった。ここはもっと閑で、私は終日、誰も来ない図書室で、本を読んだり、居眠りしたり、小説を書いたりしていればよかった。この図書室から私は閑にまかせて三島由紀夫氏にファンレターなど出したりした。

そのうち、思いがけず福田恆存氏が「龍を撫でた男」の関西公演のため下阪されることがあった。私は案内をいただいて、病院を休み、大阪の朝日会館まで、その公演を観にというより、福田氏にお逢いするため出かけていった。「文学者」という人物に、私が生れてはじめて逢ったのは福田恆存氏だった。その前、私は京都で原智恵子の演奏会に行った時、一番前列に坐っていられた谷崎潤一郎氏夫妻をお見かけした。生きている文豪というものを目の前に見て、私は興奮し、ピアノなどさっぱり耳に入らなかった。しかしそれは「見た」だけであった。まさか後年御夫妻と同じアパートに棲む運命になろうとは、その時、どうして予測し得ただろう。

友人の御主人に逢うという好奇心や興味よりも、新進評論家に逢うという意味で興奮していた。劇場ではじめてお目にかかった氏は想像以上に瀟洒な紳士で愕かされた。芝居はそっちのけで、人気のない廊下のソファに並んでお話した。氏は売店で袋入りのねじん棒みたいな駄菓子を買ってきてくれ、

「たべませんか」

と、袋の口をひらいてすすめてくれ、自分もぽいとそれを口に入れた。東京の観客と大阪の観客は芝居をみて笑う箇所が全くちがうのでとまどうというようなことを言い、気にしておられたが、氏が私に聞かれたのはもっぱら、夫人の学生時代のことばかりだった。私は結婚してもう二人のお子さんもある氏が、かくまで夫人の学生時代に、興味と好奇心を示されるのに愕いたし、そのことで福田氏に好感をもった。まるで初恋の相手について識りたがっている青年のような熱意と純情さがあったからである。当時の氏においては、夫人はまだ充分神秘性を保っていられると見受けられた。私の小説については、ついに一言も話しあうことはなかった。その方が私もよかった。二、三日中に桂離宮を一緒に観ようという約束で別れたが、それは氏の都合で中止されたので、果さな

かった。

その時、文学の話は一切しなかった筈なのに、私は福田氏に逢ったことで一層文学への熱情を高めてしまった。

氏は積極的に私に文学については話されなかったと同時に、私に小説家志望を中止するよう忠告も意見ものべられなかった。例によって楽天的に自分の都合のいいようにそれを解釈し、私は見込みがないとはいえないのだろうと考えた。後に、夫人を通じて宮本百合子氏の「伸子」と中野重治氏の「歌のわかれ」や数冊の本を送っていただいた。父が死んでまもなく、私は背水の陣をしいて、上京した。病院の図書室で書いて送った少女小説三篇が三つの社にそれぞれ採用になったというだけが生活のめどだった。父を殺したと思った時から、私はもう実家の援助など一切あてにはすまいという覚悟を定めていた。

上京してまもなく、私は上野の美術館か、博物館で行われていた「近代文学」の講演会を聴きにいった。花田清輝氏の「錯乱の論理」や「楕円幻想」などは「メルキュール」の連中と読んでいたし、野間宏氏の小説は彼等は聖書のように読んでいたので、私にも「近代文学」の人たちは使徒たちのように見えた。私は最前列に陣どってその講演を聴いた。あんまり難しくてよくわからなかったけれど、ずらりと雛壇のように舞台の両側に居並んだ佐々木基一氏や埴谷雄高氏たちの面々は本当に美しかった。「文学者」をこんなにたくさん一時に眺め、しかも彼等がすべて水準以上の美男子だったので私はびっくりした。文学者だから美しいのか、もともと美男子だったのだろうかというようなつまらないことばかり考えながら帰った。

少女小説を書けばどうにか私の生活はまかなえるようだった。原稿料は一枚三百円だった。昭和二十七年から以後、私はペン一本で食いつないできている。他の仕事は一切しなかった。上京直後、不安なので東京の中学校の教師をする試験を受けた。何の準備もしていなかったが、待つ間に列の前と後の受験者から山をかけて教えてもらった問題がずばりと出て、私はパスした。するとすぐ世話してくれる人が出て三輪田中学から口がかかってきた。この時ばかりは迷ったが、私は三日ほど考えぬいた末、この話を断った。何にでも一所懸命になる自分は、人間好きではあるし、先生になればきっと、この上なく熱心な教師となってしまい、小説は書けないだろうと考えたからだった。小説は片手間に出来るものではないと、その頃私は考えはじめていた。

私はこれで二度、小説家にならないですむチャンスを見送った。一度めは福田氏の手紙を、父のように解釈したらよかったのであり、二度めは三輪田中学に奉職すればよかったのである。とはいっても、結局私は小説家になっていただろう。この頃になって、私は小説家とは生れながら小説家に定められているのだと信じるようになってきている。音楽家には、いくら音楽が好きでも、音感がなければなれないと同様、小説家も努力してなれるものではない。人間の才能を過信しすぎるのは誤りかもしれないが、小説家は天賦の才能がなければなり得ない。いくら小説が好きでも小説家にはなれないで批評家になっている人が多いのを見てもわかる。小林秀雄氏が「小説家になれなかったから批評家になった」とおっしゃった言葉を思い出す。小林氏のことだから、その言には複雑高邁な意味が当然含まれているだろうが、例によって私は言葉どおり解釈した。生れながら小説家としての才能を受けている場合も、時により生涯それに気づかず死ぬ人も多いだろう。突然、四十、五十になって小説を書き出す人があるのはたぶん、それまでそれに気づかなかったからで、自分に小説を書く才能があると自覚しながら、書かずにいると思っている人などはもともと小説家ではない。

一に才能、二に執念、三に努力が小説家としての運命ではないだろうか。

別れた男が別れる時、そのうち小説に書いて、自分の今の立場や心情を説明するといった。私はそれまでその男の他の才能には信を置かず文学的才能だけは認めていて、どうして一筋に小説を書かないのだろうともどかしがっていた。にもかかわらず、その言葉を聞いた時、初めて、その男が決して、小説を書けないだろうということを思った。

小説家に生れつくということが幸か不幸かわからない。おそらく小説家などにならない方が特に女は幸福にきまっている。それでも小説家になってしまった以上、逃れることは出来ない。

岡本かの子ならさしずめ文学の美神とかミューズの女神とかいうことばで表現するところだが、私には文学の神というのは魔神というまがまがしいものとしてしか思い浮べられない。半人半獣に両陰陽をつけ、頭は三つもあり髪という髪はメドゥサの如くすべてこれ毒蛇というような醜悪怪奇な姿でしか浮んで来ない。この魔神に爪をかけられたが最後、どうもがいたって死ぬまで才能の一滴までしぼりつくして書きつづけなければならないのが、小説家の運命としか見えて来ないのである。

近代文学の講演を聞いて間もなく、私は三島由紀夫氏に逢っている。病院の図書室から、至ってのんきなファンレターを出しただけの関わりだが、三島さんは手紙一本で、私の生来の極楽トンボぶりを洞察してしまっていた。私はたいそう真面目に手紙を書いたつもりだが、氏は私の手紙ほどスットンキョウでのんきな手紙はみたことがないといって返事をくれていた。たまたま、私の女子大の英文科の親友が、三島氏の仕事を英語で手伝った関係から、遊びに来るようにと伝えてくれた。上京以来、十七、八の文学少女のような心境になっていた私は、いそいそと緑ケ丘の三島邸を訪ねている。その日、玄関を入ってすぐ左の小さなお茶室で待っていると、紺絣の着物を裾みじかに着て、髭のそりあとが、写楽の絵のように青々としている三島氏が入って来られた。ボディビルをはじめるはるか昔のことで、当時の氏は青白くひ弱で、いかにも「花ざかりの森」の作者らしい神経質な感じだった。部屋に入ってくる前に、玄関脇のトイレに入られ、それがたいそう長かったのと、目の美しいのが印象的だった。人間の目ではないように私には見えた。部屋が薄暗かったせいか、三島氏の目は金色に燃えているようで、底の底まで透明に見えた。それ以前も以後も、私はこんな美しい瞳の人に逢ったことがなかった。何を話したか忘れてしまったが、文学の話なんかは一切しなかったことだけは確かだった。

上京してから大磯の福田家へ時々泊りがけで行くようになっていたが、その時私がつい調子にのって吹いたほらを、真正直な福田夫人が信じこんでしまい、とんでもないことがおこった。

私は北京で暮していたから、北京料理をつくらせると玄人はだしだとつい馬鹿馬鹿しいほらをふいてしまったのである。ある日、突然、福田夫人から召集が来て、鉢の木会の例会があるから、来て、料理をつくってくれという。材料は買い調えてあるというのである。心の底から信頼しきったその声を聞くと、今更、あれはでたらめだったともいえず、私はのっぴきならない気持で大磯へ出かけていった。島崎藤村の家がすぐ近所にあった、もとの福田家であった。

鉢の木会は、例会の場を各家庭にまわし、家庭料理でもてなすのだという。事情を聞いて私はますます色を失った。それからはもう、物もいわず台所で獅子奮迅したが、すればするほど逆上して、料理という料理が正体もわからないものになっていく。これだけは大丈夫と思っていた餃子まで、フライパンにくっついてしまって、何が何やらわからないものに出来上ってしまった。忍耐強い福田夫人は内心の驚愕と憤怒と狼狽を必死におさえこんでいつもの水の如き表情を変えないのが、私にはかえって辛くて、まともに見られない。客間では、床の間に竜の絵を描いた凧が飾ってあり、集った人たちは、中村光夫氏、吉田健一氏、三島由紀夫氏、大岡昇平氏たちで他にもう一人イタリアから帰ったばかりの客がチンザノをお土産に持って集った。福田氏も紳士だから、その夜の料理の惨澹たる不手際に対する内心のショックはおくびにも出さず、そのかわり、私を座敷へ呼んで、今日の料理はこの人がつくってくれましてと、当然夫人にかかるであろう冤罪を見事に拭われた。私は活字でしか知らなかった高名な文学者を一度に目にしたのと、その人たちに、世にも物凄い料理を食べさせた恐懼《きょうく》の気持で、もう頭に血が上りきってしまった。どうしようもないので、「これは女殺しの酒というんですよ、おのみなさい」と、中村光夫氏にすすめられたチンザノをがぶがぶのんでしまった。私は酒には強いので一向に殺されず、それを持参した方が私の半分ものまないのに、酔っぱらってしまい、あっというまに小間物屋を拡げてしまった。それは惨澹たる夜であった。けれども更けるほど誰も料理には手をつけないので酔いが一しお廻るらしく、すっかり座は活気づいてきた。三島氏が越路吹雪さんのバースデイのパーティに出ると早退していってからは、暫時三島氏と越路さんの仲はどの程度の進行程度だろうかとか、三島氏が中村氏の太い頸を魅力的だといって情緒的な手つきで撫でたという話があっただけで、後は専ら、ギリシャ悲劇についての高尚な議論が交わされていた。

その日の私の大失敗に対して寛容な福田夫妻は一向にとがめだてせず相変らず快く迎えてくれたが、その後私は次第に福田家を訪れなくなった。私が丹羽文雄氏の「文學者」に入れてもらって小説を書きだしたからである。小説を書きはじめると、妙なはにかみが出来て、福田氏とか三島氏とかにこれまでのような友人づきあいはかえって気がねで出来なくなってしまったのである。

「文學者」に入ったのも、福田氏にどうしても小説を書くなら、先ず大きな同人雑誌に入ってもまれる方がいいという忠告を受けたからだった。

当時私は三鷹下連雀の禅林寺の脇の煙草屋の離れに下宿していた。禅林寺は森鷗外と太宰治のお墓のある寺である。はじめて線路向うの丹羽邸を訪れた日のことは忘れない。いきなり「文學者」に入れて下さいと出した手紙に、月曜日の面会日に来るようにとのおはがきをいただいていたので、私は一人で出かけていった。玄関に入ると広い土間に靴がずらりと並んでいてまず愕かされた。

玄関脇の応接間にはびっしりと先客が詰っていた。窓を背にして丹羽文雄氏がどっしりと、仏陀のような感じで坐っていられた。半眼にしていた大きな目をあげて、入っていった私の顔をじっと見つめられた。私は自己紹介し、「文學者」に入れていただきたいと手紙に書いた通り改めて申しこんだ。一せいに部屋中の視線が集る。

「あ、そうか、うん、ま、そこに坐ってなさい」

丹羽氏の無造作な声で、私は部屋の一番すみの椅子に腰をおろした。すぐとぎれていた話がつづけられた。

「カミユを読んだか」

丹羽氏が眼を再び半眼にして一人言のように聞かれる。

「読みました」

「どうじゃ、どんときただろ」

「はい、どんときました」

丹羽氏はゆたかな顔を、さも快さそうに美しくほころばされた。私はとっさに拈華微《ねんげみ》笑《しょう》ということばを想起した。仏陀とその高弟たちという感じがした。なごやかでゆたかな雰囲気だった。いきなり、すっと外から見知らぬ人間が入って来ても誰もふりむきもしないという雰囲気だった。事実、私の後からも何人かはじめての文学青年や少女がすっと入って来ては、すみっこに平気で黙って坐っていた。その日から私は「文學者」の同人になった。小説ののらない前に十五日会に出席し、せっせと小説を持ちこんだがのせてもらえなかった。小説ののらない前に小田仁二郎とめぐりあった。彼は私の小説を片っぱしから落していた張本人だったが、親しくなってまず私に言ったことは、

「あんたの童話、娘が読んでるよ。あの童話はいいよ、ああいうの、ずっと書いたら……童話もなかなかいいもんだよ」

だった。私は、彼が私の小説の才能を全く認めていないのを感じた。つづいて、

「小説はつらいよ」

といった。彼は身を以って味わっている小説を書く辛苦の道を私に歩ませたくない気持が生じていたのだった。誰だって、本気で小説を書く辛さを味わった人間なら、自分の肉親や恋人を小説家にだけはしたくないと思うだろう。私もこの頃、太田治子さんを見ていると、彼女はどうしたって小説家として生れてしまっている宿命を感じずにはい

られない。それを誰よりも強く認めていながら、逢う度、さなぎが蝶にかえるような美しさを見せはじめた彼女を見て、出来れば、この少女が小説など書かずに、普通の女の平凡な道を歩いていくことは出来ないものかといたいたしく思ってくる。彼女に対する親身の情がつのるほどその想いは強くなる。しかし、彼女は、必ず小説家として成長するだろう。

はじめて「文學者」にのせてもらった私の「痛い靴」は私小説ではなかった。まもなく「文學者」が解散したきっかけから「Z」「無名誌」と同人雑誌をつづけたが、それらに載せた私の小説のほとんども私小説ではなかった。

昭和三十一年度、新潮社同人雑誌賞をもらった「女子大生・曲愛玲」も、二分の本当に八分の嘘でつくった小説であった。いつから私は私小説を書くようになったのだったか。

私は翻訳小説の名作から文学にめざめ、小説に憧れた。日本の小説では泉鏡花、森鷗外、永井荷風、谷崎潤一郎という系列の小説が好きだった。戦後に坂口安吾の小説が好きだったが、自分ではいつか「鳴海仙吉」のような小説が書きたいと思っていた。日本の文学全集で、一通りは各時代の作家の代表作は読んでいる筈なのに、私小説作家の小説にはそれほどひかれたことがなかった。志賀直哉氏の作品で「邦子」は好きだけれど、後は人が絶讃するように惹かれなかった。心境小説というものは小説でないという気がした。葛西善蔵の小説も、たったあれだけを書き残すためのあの大げさな大騒ぎの生き方は、人生に甘ったれているとしか思えず厭だった。

岡本かの子が好きなのも、かの子はすべての小説に自分しか描かないのに、そのすべての小説が私小説ではないという点の見事さだった。

「新潮」からはじめて書けといわれて書いた「花芯」も、もちろん、志賀流にいえば「存分に作った」小説であった。忘れもしない昭和三十二年十月号である。「花芯」についてはいいたいことが山ほどある。しかし、目下刊行中の私の自選作品集の解説をお願いしている久保田正文氏が、総決算的批評をして下さったばかりなので、もう、もって瞑すべしだと心が静まった。久保田氏はこの選集の解説で、あくまで私の私生活には全く関知しないという立場をとられているので、私もあくまで、個人的な私生活については何ひとつお話したことはない。氏はすべての作品を作品だけで批評して下さるので実に有難い。どうして批評の態度として当然なことを殊更私が有難がるかというのは、これまで私の受けた作品批評に、私生活の混同がまじったものがままあったからである。

――その月の「文芸時評」(毎日新聞)の冒頭で平野謙は、石原慎太郎の「完全な遊戯」、丹羽文雄の「祭の衣裳」の間に「花芯」をはさんで、それらをともに〈マス・コミのセンセーショナリズムに毒された感覚の鈍磨〉というテーマで批判した。〈程度の差こそあれ、こういう感覚の鈍磨は、一様に今日の作家をとらえつつあるようだ。たとえば瀬戸内晴美の「花芯」などもそうである。平凡な人妻が完全な娼婦にまで変容してゆく過程を描いたこの作品には、必要以上に「子宮」という言葉がつかわれている。私は以前この作者の短篇集を読んで、ゆきづまりの恋愛を書いた私小説ふうな作品にも好意をいだいたし、没落する中小企業の経営者と女事務員との恋愛を書いた作品も印象にのこった。この人はその文学的実力において、原田康子や有吉佐和子に劣らぬ、と思っていた。しかし三十娘の生理を描いた近作には、明らかにマス・コミのセンセーショナリズムに対する追随が読みとれた。これがこの作家の弱さだ。そのような弱さが「花芯」においても「子宮」という言葉の乱用となってあらわれている。麻薬の毒はすでにこの新人にまわりかけている。〉

〈花芯〉ということばは、もともと中国での古くからのことばとして、子宮の意味をもっているということを、私は駒田信二から教えられた。はじめ、「新潮」に発表されたときのこの作品は、六十枚足らずのものであるが、その後半部に七回、〈子宮〉という文字があらわれる。そもそも題名に、子宮という意味のことばをかかげた作品なのだから、それくらいはあたりまえだ、などと、私が言うつもりはない。平野謙ばかりではない。あのとき、他の批評家たちもこの作品に言及しながら、したたかにまぶしそうな目つきでしかめつらをしていたはずである。（略）私は平野謙の「花芯」についての評価が、じぶんの時評のテーマのために、強引にそこへ圧しこみ、プロクラステースのベッドのようにはみ出したところを無惨に斬りおとし、むりやりにサンドイッチにはさみこんだものだなどとはおもわない。つまり、あのときの「花芯」には、〈子宮〉ということばが〈必要以上に〉つかわれているかどうかというふうなことは別問題にするとしても、平野謙に批判されてもやむをえないようなところが、あのときのこの作品にはあったとおもう。――

久保田氏の指摘される通りで、私は当時の平野氏の批判に対してそんなにまいらなかった。むしろ、平野氏のこの時評の時は、批判の部分よりも、私の文学的実力を認めてくれた点の方に、目が吸いつけられて離れず嬉しくてならなかった。根が極楽トンボだから、私は何でも自分に都合のいいことばかり見てしまうし、都合の悪いところは速かに忘れたり切り捨ててしまうという楽天家である。ところがこの後がいけなかった。匿名時評は「花芯」をポルノグラフィであるときめつけ、あるいはこの作者は自分のセックスの感度のよさをこれみよがしに書いているといい、あるいは作者がマスターベーションしながら書いた感じだというようなものばかりであった。私は「子宮」を胃や腸と同じ内臓の名前として扱って書いたのだし、女が子宮を持つということが女の生にどうかかわるかということを主題にしているのだから「子宮」云々は何といわれてもかまわないが匿名批評の卑しさには、何といってもがまんならなかった。それまで私は文壇にあこがれ、文壇ほど正義が堂々とまかり通り、まいないや、情実の取引のない美しい場はあるまいと信じていたので、こういう批評のされ方が納得いかなかった。恋人に裏切られたような口惜しさがあった。しかも私をいちばん愕かせたのは、匿名批評の感じでは、まるでヒロインはイコール作者というふうに、つまり「花芯」を私小説として読みとっているらしい誤りであった。一人称を使えば必ず私小説と読むなどという馬鹿馬鹿しいことが、行われるとは思いもかけなかった。今の私なら、ポルノグラフィと、自分の作品が評されると、あら、しゃれてるわね、くらいいってしれっと笑っているかもしれないが、何しろ十年前はまだ気持も若く精神も青臭かったので、すっかり逆上してしまった。そうして、事もあろうに新潮社にかけつけて、齋藤十一氏に面会を申しこんだのであった。前もって約束がなければ逢ってもらえないなどということは考えも及ばないほど興奮していたし、私の形相が他人目にも異様に切迫していたとみえ、受付嬢が、お約束がございましたかと口の中でつぶやきながら、齋藤氏にとりついでくれた。新潮社の玄関に出てこられた齋藤氏は、顔をみるなりわっと泣きだして、

「あんまりひどい匿名批評ばかり出ますから、新潮に反ばく文を書かして下さい」

と直訴する私をまじまじとみつめ、

「だめだねあんた。そんなことじゃ、もうとにかく、のれんをかかげたんだろ。小説家としてのれんをかかげた以上、書いたものを何と叩かれたって仕方がないよ。批評家は悪口いうのが商売だもの。第一、そんなお嬢さんじみたことといってちゃだめだね。小説家なんてものはね、自分の恥を書きさらして銭とるんだよ。人非人の神経にならなくちゃ、あんたの怒っているのはまっとうな人間の神経だよ。まだまだ駄目だね。覚悟がたりんよ。出直すんだね」

といわれた。私は頭から水をぶっかけられたように思った。そしてなるほどそんなものかと思った。以来、私は死んでも小説家としてのれんをはずすまいと決心した。ただ

「新潮」はこの時の私のだらしなさに愛想をつかしたらしく、以後三十七年十月まで足かけ六年間、一度も小説を書かせてはくれなかった。「新潮」ばかりではない。その数年は私は完全に文芸雑誌から見捨てられた。

私は平野氏の批評に応えるため、六十枚の小説を二百枚に書きこみ、「花芯」に対する自分の意を尽そうとした。もちろん、「子宮」という語も最小限に使うよう試みた。

今読みかえして見ると、「花芯」はやはり未熟な作品である。しかし私にとっては「花芯」なくしては今の私はあり得ないという意味の深い作品である。出来の悪い子ほど可愛いという意味で、この作品の未熟さを十二分に認めながらも、やはりこの作品に対しては特別の感慨を持ちつづけている。そして「花芯」によってはからずも所謂鍛えられてしまった神経で、もう誰に何といわれようとも、「子宮作家」とか「エロ作家」とかいう者にはいわしておき、私の信じる肉よりも精神の優位性について、原罪とは何かについて、性を通して書き窮めていこうという覚悟を決めている。とはいうものの、まるで額に兇状持ちの焼きごてでも当てられたように醜いレッテルをはられ、書きたいどの雑誌からも見捨てられていたあの数年、もし「花芯」を認めてくれた円地文子氏と吉行淳之介氏のお葉書とことばが私になかったら……そして最も惨めな時に思いがけずに目にした室生犀星氏の「黄金の針」に於ける、

「瀬戸内晴美さんの初期の『新潮』に出た小説を読んで、婦人として大変恥かしいことを臆せずに書いてゐられ、文学に身を売つたつて私だけが我慢して居ればいいのだとい

ふ感懐を、私は眼をとぢて以て敬意を表した。却々《なかなか》其処まで思ひきれないものである。私が女であつたら、あそこまで行き着いて皆さんに見せたことで、彼女の作品山河の一つの嶮《けわ》しさを、その制作の日はそれに手頼らずにゐられなかつたのであらうと思つた。」という文章を恵まれなかったならば、私は果してあの逆境の中で自分の矜持を保ちつづけていられたことだろうか。

数えて見れば「花芯」以後丁度十年経っている。この十年の作家生活で、私が身に沁みて体得したことの一つは、作家は自分で自分にレッテルをはったり、差別したり、見限ってはいけないということだった。去年の春、大江健三郎氏といっしょに講演旅行をした時、大江さんは私にたいそう生真面目な表情で、

「瀬戸内さんは『花芯』がいいですね。あれはいいですよ。『花芯』は批評が作家をだめにしてしまった一つの例ですね」

といった。その一瞬、私は大江さんが私に同情してくれ、私を認めてくれたのだと、例の如く自分に都合のいいよう解釈してにこにこしたが、やがて遅まきながら「だめにしてしまった」ということばの意味に気づき、ぎょっとなった。私はここ十年、一度も自分が駄目になってしまったとは思ったことがなかった。楽天的なので人皆が私を駄目になっていると信じている時でも自分はそうは思っていない。だから、田村俊子を書いた時、瀬戸内晴美が硯を洗って出直したとほめられた時も、全く意外な気がした。もう「花芯」については何ひとつ言いたいこともなくなった。十年前、新潮社の玄関で追っ

ぱらわれた時の念願が今、漸く果された。生きていてよかったと思う。

「夏の終り」は、「花芯」に比べると何と幸運な小説だったろう。それまで私は、私の恋愛を書いたことが二度あったが、それはあくまで「私小説ふう」であって、私小説を書こうという自覚のあったものではなかった。「夏の終り」ではじめて、私小説を私小説の手法で書こうと意識した。平野謙氏の言葉を借りれば、はじめて私は私の実生活上の危機意識を自覚し、そこからの救抜《エルシーズンク》の希いを強く抱いたからであった。

あんなに自分とは無縁のように素通りしていた私小説が身に沁みて読めるようにもなっていた。その頃、私は岩野泡鳴と近松秋江の私小説にほとんど肉体的な共感を覚えるほど捕えられもしていた。岩野泡鳴のおっちょこちょいなあわて者ぶりや、得手勝手さや、独断、間の抜けさかげんや、蛮勇という表現がふさわしいバイタリティに、自分と同質のものを直感したし、近松秋江のめめしさ極まりない痴愚蒙昧に、人間存在の哀憐を痛感した。

「五欲煩悩迷妄の煉獄を経てきて、はじめて人間の事が透明に見えてくる」

と書いた秋江のことばに、目をはじかれたように思った。人間の逃れられない五欲煩悩迷妄の姿を通して、人間の内部の暗黒の中にひそむものを見きわめたいというのが私の文学にかけた希いであった。

改めて「私小説論」というものを片っぱしから読み直し、私小説という私小説をあさり読んだ。すると、自分が如何に私小説家的感性を持ち、私小説家的発想をし、私小説家的生活危機を常に意識せず招きよせて生きてきたかということを発見した。

　これほど、繰りかえし、執念深く、批評家という批評家が、取り組む私小説に、私はもっと謙虚につきあうべきだと思った。

「夏の終り」を平野謙氏に認められたことが嬉しかった。六年前、誰よりも早く私の作家としての資質を認めてくれた氏に、これで少くとも応えることが出来たという喜びだった。

「夏の終り」以後、私の実生活は、ますます私小説的生活危機が連続したため、私はその救抜意識にかりたてられ、一年一作ぐらいの割で、私小説を書きつづけていた。そのうち、私は私小説を書くことに厭気がさしてきた。結局私小説的方法で書く場合、どれほど自分自身をつき放して書いているつもりでも、どこか、自己弁護の匂いがぬけきれないという気がしてきた。それにまるで自分の足元の穴を掘りつづけるような私小説の方法のせまさが息苦しくなってきた。その上、私のような独断家は私小説を書くことによって、ますます、自分の目しか信じまいとするようになり、その視点ですべてを裁断しかけている危険に気づいてもきた。やっぱり、存分につくった小説が書きたいという欲求がわいてきた。すると、「花芯」の時は未熟で納得してもらえなかったことを、もっと、深めてつきつめて書いてみたいという気持が高じてきた。そういう時は私小説を書くのも読むのも厭になる。妊婦の嗜好が理窟なしに突然変化するのと似たような状態なのであった。

私は一年間、私小説にはふりむかず、「花芯」以後あたためつづけていた意図で小説を書きはじめた。生れたのが「死せる湖」である。この作品ははからずもまた平野謙氏に認めていただけた。十年の迷いの末の作品だけに私は「夏の終り」を認められた時よりもはるかに嬉しかった。

「死せる湖」を書き終った後で、私は私の生活の最後の垢落しの意味で「黄金の鋲」を書いた。

「黄金の鋲」を発表した直後、北鎌倉の東慶寺で真杉静枝さんの十三回忌の法要を、女流文学者会の例会で行った。

その時出席された宇野千代さんが、私に、

「あなたの小説読みましたよ」

といって、その批評をして下さった。

「あなたはひとつ、勘ちがいしていると思うの、小説を書くことを、何か特別の仕事と思っているでしょう。それはちがうのよ。小説を書くことは、八百屋や、パン屋や、魚屋などと同じ一つの商売で、特殊なことではないのよ。小説家というものが特別に選ばれたものと思う考え方があの小説を弱めていると思うの。あなたが小説を書くのは好きで、執念みたいなものなのよ。小説を書く執念と、男を愛する執念と、そのからみあいにしぼればきっとあの小説がもっとよくなったのに惜しいと思うの、あれはあれで迫力があるけれど、そう思わない？」

というのであった。もちろん、宇野さんは小説のヒロイン、イコール作者という話し方であった。小説家という特殊な仕事にたずさわっているのに、それをいたわってくれないという甘えがヒロインにあるのが、小説を弱く甘やかしているという説なのである。宇野さんの歌うような愉しい話し方で、細いきれいな声で自信をもってそれをいわれると、私は即座になるほどなあと心から思い、

「ありがとうございます。私はほんとに、小説家を特殊な仕事と思っておりましたから……おっしゃるような考え方で、もう一度考え直してみます」

と答えた。その後私は、宇野さんのおっしゃったことを毎日、何かにつけては思い出し考えつづけてみた。今、これを書くに当ってもそのことが頭の底にあった。

けれども、今、ここに至って、やはり、私は小説を書くということは、パン屋や、八百屋や、花屋という商売と同じ質のものとは思えないのである。

たとえば、私が、パン屋や、八百屋になったら、私は愛想がいいし、親切だし、がめつくないし、案外商売はうまくいって繁昌するかもしれない、第一、小説を書く時の苦しさなどはないだろう。もちろん資金ぐりの辛さはあってもそれはやはり、小説を書く時の心身をけずりとられるような辛さとは全く異質のものとしか思えない。

小説を書くという作業には、それが私小説であろうと、本格小説、あるいは実験小説

であろうと、純文学であるかぎり、作者の魂をけずりとり、生血をそそがなければ仕上げにならないところがある。肉を切らせて骨を切るというような凄絶な覚悟がある。命がけということばが誇張ではないところがある。

小説家はみんなこの世に受けいれられない特殊な、個人的な感覚や、神経や、生の秘密や、心身のコムプレックスをうじゃうじゃ内部につめこんでいる。所詮小説家は、選ばれているか、呪われているかはしらないが、普通の商売とはちがうと思う。

もし、小説を書くということが他の商売と同じなら、私は中間小説だけを書いて、のんきに商売繁昌を祈願していればいいのである。

私は「女徳」を書いて以来、週刊誌、新聞、中間雑誌に小説を書き所謂「流行作家」と呼ばれているらしい。実際に書いているのだから、そういわれても当然である。けれども私は、これらの作品をあくまで「純文学」とは区別して書いている。従って、私が「文学」という考え方をする時には、これらの自分の作品は入っていない。人が呼ぶのは勝手だが、自分で自分のことを大衆作家と思ったこともない。

この頃、大衆小説と純文学の問題がまたしきりに論議の的になっているようであるが、私は、あくまで大衆小説と純文学とはちがうという立場に立つ。百万の読者を得る純文学などというのははじめからあり得ない。一万以上本が売れるのは、文学とは別なところの「人気」で売れているのであって、「人気」と「文学」とは無関係のものだ。

それなら、私はなぜ、中間小説を身を粉にするほど書くのであろうか。要するに私はそれらを書くことが好きだからであるらしい。

ある作家がゴルフに熱中したり、夜毎酒をのんだり、女の子と遊んだり、バクチをしたりするのが好きで、それをいくらつまらない、軀に悪いと人に止められたって、やめられない時期があるように、私は「何かを書く」ことがやめられないほど好きだったのである。もちろん、純文学ばかり書いていればいいに決っているけれども、純文学というものは、一年に十いくつも書けるものではないだろう。その間、じっと、純文学のことばかり、朝から晩まで思いつめていれば立派なのだけれど、私は凡人だからそれが出来ない。散歩も、ゴルフも、夜遊びも、観劇も、さほど好きとはいえない私は、一番好きなことをして自分を慰めたい。それが小説を書くことなので、その時はひたすら好きで小説を書くのであるから、気持がいたって楽である。あの手この手と、工夫したり、つくったりすることが愉しくてしかたがない。しかし、それは所謂純文学を書く操作とは絶対にちがうのである。

純文学は自分のために書き、大衆文学は人のために書くといわれているが、私は、私の書くもののすべてを自分のために書いている。私の欲望のために書く小説は、だから百万の大衆に迎えられるようなものではない。私は職人が好きだが、職人が心をこめて、品物をつくるようにつくる。職人に大勢逢ってよく話を聞いたけれども、彼等の物のつくり方は、やはり自分が愉しんでいて、買う人のことなどあんまり考えてはいない。だから時々採算も合わないような手のこんだものをつくったりする。私は好きで小説を書く以上は、こういういい職人の仕事ぶりをしたいと思っている。職人が作品に自分の名をいれないように、出来れば私の中間小説には名前なんぞいれなくて書きたいものだ。けれども純文学を書く時はちがう。これは、自分の名前を書き、自分の全人間をうちだして書きたいのである。生きていたことの証しを、残したいのである。

趣味も淫しすぎると毒になる。酒のみにアル中があるように、私は、物を書くということにも「書き中」という病気があるのではないかと思う。ここ二、三年の私はこの中毒症にとりつかれているとしか思えなかった。

しかし、すべては自分の責任である。私がもっと平穏で静かな別のあり得た人生を捨て、小説家の道を自分の意志で選びとった時から、私は何か耐え難い辛い目にあう度、「自業自得、自業自得」とお題目のように自分で口にする。すると心が静まる。いくら注文されるからといって、断る口も持っているのに、よう断りきらず、中毒になるまで書くということも、誰のせいでもない、すべては自分の責任である。十年前に、いみじくも平野謙氏にいい当てられた私の文学の弱さの露呈である。

しかし、罰もまた自ら下る。私は先日仕事場のアパートの洗面所で真夜中、昏倒し、後頭部をしたたかに打って気絶してしまい、全く気づかなかった。記憶がとぎれ、約半日、そのことさえ気づかないくらいだった。原因は過労と極度の低血圧のせいだと判明したが、視力も七十歳なみに悪化していた。

病院で頭のレントゲンをとり、脳波をしらべた。後頭部のたんこぶからは盃二杯ほども血が採れた。

結果のはっきりするまでは心細かった。さすがにその晩は情なく心細く、めそめそ泣いた。誰も慰めてくれなかった。孤独が心身に沁みた。いつものように「自業自得、自業自得」といくら称《とな》えてみても、さすがにその夜ばかりは平安な心がたちかえらなかった。

その時最も恐怖したのは、このまま馬鹿になるのではないかということだった。自殺する能力も失うのではないかということを考えた。するとそそっかしい私は、もうその夜、自殺してしまっておいた方が恥をのこさないのではないかとさえ考えてきた。

私は私の四十五年の生涯を、あわただしくふりかえった。人の何倍か烈しく生きたという自覚が、いく分私を慰めてくれた。望むらくはせめて美しい死を死にたい。死を選びとれるなら、やはり、私は破滅型私小説的作家としての型で死を選びたいと思った。

この間、真杉静枝さんの十三回忌でだれかが、

「真杉さんて人は、小説は大したものを残さなかったけれど、思いだすと、何となくなつかしくなる人だったわね」

といったのを思いだした。

今から一年後の東慶寺で行われる女流文学者会の例会が私の一周忌にあてられるとしてみよう。誰かがいう。

「瀬戸内さんは小説はまだいまだしだったけれど、そそっかしくて憎めなかったわね」

「それにあの人がいないとこんな時何となく淋しいわよ」

アア、マダシンデナルモノカ——と、私は冷蔵庫で凍らせた軽便氷枕をしばりつけた頭のまま、ベッドにとび上っていた。

（「新潮」昭和四十二年九月号）

なぜ性を書くか

「なぜセックスを書くか」という題を与えられて、断るべきかと思ったが、あまり、度々こういう質問に出逢うので、一度いっておこうと思ってペンをとった。

私はかつて、一度もセックスだけを主題にして書いた覚えはない。もう十年も前に書いた「花芯」という小説が、当時のジャーナリズムに子宮子宮と騒がれたため、私はたちまち、セックス売物の小説家のように宣伝され、文芸雑誌から数年も乾されてしまった。今も私は、「花芯」をそんなに恥しい小説などとはさらに思っていない。十年たった今では、文学全集に「花芯」をいれてやるという話になっている。私はもうその事態だけで満足で、その話は断った。セックス云々とのためではなく、今はもっと、小説そのものが少しうまくなっていると思うからで、十年前の作品が私には、意図はともかく技術的にまずいと見えてきたからである。「花芯」の主題を深めたつもりで私は三年前「死せる湖」を書いた。これもセックスが云々といって、雑誌に載っている時から、よく読まれた。しかし、私はこの時もセックスだけを書いたつもりではなかった。セックスは一人の人間（私の小説の場合は女）の内面を描くための一部分であって、たとえ色情狂的女を描いたとしても、それ自体が主題ではないのだ。正常なセックスを通し、あるいは異常なセックスを通して、一人の女の内面を掘りさげていくドリルのひとつにしているにすぎない。

男より、女の方が、性によって、内面の世界が、重くも軽くも変る可能性が多いからである。

男と女のセックスを書きたいのではなく、男と女、人間と人間、個と個の、コミュニケーションの深さや、むなしさや、可能、不可能についてさぐってみたいからにすぎない。生と性はある意味で同義語の時もあるし、全く別物の時もある。千人よれば千人の顔がちがうように、性もまた千差万別の、強さや表情を持って人の生を左右する。そのバラエティの多さが人間の面白さであり哀しさでもある。

私はこれからも決してセックスだけを書かないだろうし、同じ意味で決してセックスを書くのを止めないであろう。

（「思想の科学」昭和四十四年十月号）

解放されない性のために

T・S・エリオットは人間の一生を「誕生と性交と死」と、一言で言っているが、これを女の一生という面から考えてみると、一層興味深いように思われる。ボーヴォワールが、『第二の性』の中で執拗にとりあげて論じているのも、女の性が、男性という主体から侵されるだけの客体としての、受身に終るあり方が、不当だという点である。

C・ウィルソンは、性の衝動について人間の目的はオルガスムスを味わうことにあり、自然の目的は生殖をするということにあり、その二つの目的の間隙の広さから、性の衝動に倒錯が多いのだという論説に導いていく。

性に対する自然の目的と、人間の目的の差に、現実的、具体的に悩まされるのは、男より女である。理由は簡単明瞭で、生殖という自然の目的は、男より女に、はるかに、苛酷な肉体的重荷を負わせるからである。

性の快楽を全く味わわず、ただ、男に一度貫通されただけで、妊娠したという女はまことに多い。健康な若い女ならば、たまたま交接の日が彼女の排卵期に当っていたら、官能的に、何の感動も快楽も覚えないで、ただ一度の行為でほとんど確実に子供を妊《みご》もってしまうだろう。

妊娠することの重荷の意味を知らないから、女はしばしば不用意に男に身をまかせ、気がついた時には子供を妊っている。最初の性の交りに於て、男に身をまかせるとか、犯されたとかいう屈辱的なことばしか使えないところに、性の場に於ての女の劣等的立場が証明されている。

女にとって、自分の性の器官を、男のように、視、識ることが出来ないということが、性に対する女の認識の不確かさ、自信のなさをまねくのも当然だろう。女は、手さぐりでしか、自分の性の構造を識るしかなく、男によって、説明され、教えられ、そんなものかと想像するにすぎない。自分の性感度さえ、男から説明され、比較され、解説されて、そんなものかと納得した気持になるという程度である。

もし、女が一生に一人の男としか交らない場合、女は、その男の肉体を通じてしか、性を認識することが出来ない。相手の男が、貧弱な肉体の持主で、性的能力が弱く、性行為に粗野で、情緒的に乾ききっていたら、女は性をこの上なく味気ないものとして生涯を終るしかない。そのくせ、子供だけは確実に、何の喜びもなく産まされる。

男にとって性行為が自己の解放を意味するのにくらべ、女にとっては、性行為は屈辱だけを意味することが多かった。そういう歴史の中に生きて来た女たちが、性を、せめて男程度にでも自分の生活の中で解放させたいと望むのは当然で、せめて、男のように婚外性交を大っぴらに認めさせたいと切望するのも尤《もっと》もなことである。それにもかかわらず、女の性はいっこうに解放されそうもないし、解放されてもいない。

表面では、女の性は、戦前にくらべて著しく解放されているように見える。未婚の娘や、健全な家庭の主婦たちが、お茶のみ話に性について意見を交わしあうなどという図は、戦前には、想像も出来ないことだった。今ほど性について大っぴらに話しあい、臆面もなく自分の経験をさらけだしている時代は、過去にはなかった。かといって、女が、戦前より、本質的に性を解放されているかというと大いに疑問である。日本だけにかぎってても女は、姦通罪をとりのぞかれたし、堕胎は大っぴらではないにしても、過去のように命がけの恐怖を伴うものではなくなっている。かといって、男対女の間に生じる、女だけの受身の悲劇が減っているかというと、そうではない。性の解放が、かえって、女の生活や運命を狂わせ、女はほんの僅かな時間の快楽とひきかえに予想もしなかった暗い、重苦しい人生にふみ迷っていくことの方が多い。

要するに、いくら、女が男との対等の性の享受の仕方を主張したところで、女が男を愛した瞬間から、女は無意識の貞操観念を自分の中に生じてしまうのではないだろうか。知的な女は、そういう自分の「めめしさ」に腹をたて、「男のするように」自分も、愛してしまった男以外の男と肉体交渉を持ち、自分の性ならびに精神の自由を再確認しようとして、他の男との性交を試みてみたがり、それを実行するとする。果して、その女は、性と精神の解放感を味わうことが出来るだろうか。惨めな、汚辱感と、より深められた孤独とを、苦々しく再認識されるだけではないだろうか。

C・ウィルソンは、性科学者がニンフォマニアの女には、冷感症が多いという説を出していると紹介しているが、不感症の女には貞操観念が稀薄になるという可能性が多くなるのは当然だろう。

知的な自我を持つ独立した女が、同じ条件の男の行い得るような、自由な、放縦な性交を、欲望の望むままに、行った時、彼女が、自己嫌悪や、空虚さや、ある種の絶望感なしに、快楽の名残りと、自己の解放感だけを、男のように味わうことが出来るだろうか。

そう出来た時が、女が真に性から解放された時と果していえるだろうか。

こういう主題で書かれたヒロインを、私はまだ、男の作家からも女の作家からも見せてもらってはいない。

エリザベス・ボウエンの『日ざかり』のヒロインと、グレアム・グリーンの『情事の終り』のヒロインは、二十世紀の恋愛小説の中で、私の最も好きな二人の女性であるし、深い共感を覚えさせられるヒロインである。

けれどもこの二つの小説は、哀切な悲恋を描いてはいても、そこでセックスの占める位置はそれほど強くはない。そのくせ、私には、『チャタレー夫人の恋人』や、『ユリシーズ』や、ヘンリー・ミラーの諸作品を読んだ後よりも、物哀しい感じで、女の性そのものについて深く感じ考えこまされてしまった。

『情事の終り』のヒロインも『日ざかり』のヒロインも、知的な中年の女で、性に対して、十九世紀的な因襲の観念からは全く解放されている。

ひとりは、夫のある身で、夫とも友人づきあいしている男と肉体交渉を持つ激しい恋におちいり、一人はぬれぎぬのスキャンダルを身に負いながら、あえてそれを晴らそうともしない子持の未亡人で、アパートに男を通わせ自由な恋愛を愉しんでいる。

作者は、そういう設定の中のヒロインの恋の中では、性についての女の劣等性や、過去の性道徳観からは完全に解放させている。この二人とも、妊娠についての不安など、一度も小説の中では感じさせていない。グリーンの女は、夫との間にも子供がなかったのだから、恋人との間にも出来ない体質という設定かもしれないし、ボウエンの女は、もう兵役に服している息子のある四十女だから、妊娠の可能性はほとんどないという設定なのかもしれない。二人とも、社会の他人の目や、道徳にこだわらない自我を確固として持ったインテリだし、性の快楽に対する欲求も強く、それを享楽することに、後ろめたい気持など抱いてはいない。

女が長い間、秘かに憧れつづけてきた理想の、男と対等の、自由な姿がそこにあるように思わされる。それでいて、この二つの小説は、共に、重い悲恋として終っている。

二人のヒロインのたどった悲恋の相はそれぞれにちがうけれど、二つの小説から読後に受ける悲恋の重量感は、ともに、これまでの、社会的にも心情的にも解放されていなかった、意識的にも無意識的にも男の従属物でしかなかった女たちの運命の悲惨を描いた十九世紀の小説から受けるよりも、はるかに重々しい。

性描写はほとんどないし、あきらかに性を主題に表には打ちだしていないのだから、この二つの小説を、文学と性について考える時持ち出すことは、当を得ていないように思われるにもかかわらず、私はやはり、この二つの小説のヒロインのたどった悲恋の中に、二十世紀文学にまだ書きつがれていい、女の性と愛との鍵が、かくされていると思わずにはいられない。

性は、人間の愛の中で、どんな役割をもつか。

私はこの主題に、小説を書きはじめの時から捕えられていて、今でもそこから放たれてはいない。性が、人間の愛の中の重要な位置を占めることは今更いうまでもないけれども、人間が他の動物とちがうことは、性を、精神である程度、統治出来、統一出来るということだろう。と同時に、これだけ、知的であらゆる科学の分野では、はかりしれない進歩をとげつづけている人間が、性に関してだけは、劫初《ごうしょ》以来、同じ姿勢の中に愛欲をとじこめ、そこだけは科学の圏外で、迷いつづけているという事実も認めないわけにはいかないだろう。

結婚という枠からはみだし、世間の道徳の埒外にとびだし、男に従属せず、自力で経済生活をまかない、一応の自由のすべてを手に入れた上で、尚かつ、女は、人を愛した場合、性から解放されているという自分を感じるだろうか。性をただ、肉欲の排泄としての運動として扱う場合は、問題外だけれど、「愛」の中での性として女が受けとめる時、愛の発生と同時に、女は自分の性に自分の手で、たづなをしっかりと結びつけてしまうのではないだろうか。

性と愛と貞操という問題は、まだまだ、文学の主題として、書きつがれていいと思う。性を真摯に追求していく時、反性《セックス》のモラルにいつのまにかぶつっつかっているという手応えが、私にとっては最も切実な実感であるし、自分の文学の宿題になっていると思う。

（「波」昭和四十二年四月号）

瑞々しく匂う文章を

文章は、素直でわかりやすいのが極上だと思う。装飾の多い美文調の文章はもはや時代遅れである。書く人の体質によって、息の長い文章とか、短い文章とかができてくるとは、谷崎潤一郎の『文章読本』で読んだことだった。それを読んだ若いころ、私は、むやみにセンテンスの長い文章を書いていたので、自分は、谷崎的体質に近いのだろうと、勝手に決めこんでいた。ところがその後、気がついたら、文章の息がいつのまにか短くなっていた。体質がさほど変わったとも考えられないから、体質と文章との関係はあまりないのではないかと思う。また、文は人なりと、昔から教えられてきたけれども、近ごろ、それにも疑問を抱いている。字の美しい人は、どんなに心も美しいかと思いがちだが、お習字の先生なんかに人格下劣の人があったりするし、また字の何とも形容できないほどまずい人でも、神のような心のやさしい人も知っている。文章もそれと同じで、手紙の文章などでその人を推しはかっていて、実際に逢ってみると、全然、自分の推察が見当外れだった経験も何度か持つ。人間は次第に複雑な心や神経を持つようになってきたから、文章も複雑な性格を持つようになってくるのだろう。

文章を書くことを仕事にするようになって以来、一日として、文章を綴らない日はないので、かえって、改めて文章について考えてみることもなくなっている。自分の表現したいことを、一番表現しやすい文章を無意識にさぐりあてて書いてきたように思う。

それでも、ここ二、三年くらい前から、自分の書くものがいやになり、ひとりであれこれ悩んでいたら、自分の文章までいや気がさしてきた。

近ごろ、私は素直なもの、正直なものに、あまり魅力を感じなくなっている。人間は、今のような世の中では、素直や正直や、純情などと、おさまりかえっては生きていかれないし、自分を表現しようと思ってみても、自分という人間そのものが、複雑怪奇になっていて一筋縄ではいかないことを感じるのである。とはいっても、私が文章について考えこむ時は、たいてい職業としての文学の面から考えているのだから、普通の人の場合の文章とはちがう。

文学の上では、私はこの節、素直でない、悪文の方が、読んで心に入ってくるようになった。素直な、わかりやすい文章で読むと、ああ、そうですかと、心を素通りしてしまうことが、癖の強い、悪文で読まされると、一々、ひっかかりながら読むためか、いつのまにか自分もその文章の迷路で迷わされたり、立ちどまらされたりしていて、そのことが読書の愉しみにつながってきているように思う。

装飾の多い美文は、もはや時代遅れだと最初にいったけれども、岡本かの子や三島由紀夫くらいまで、豪華な装飾に包んでくれると、それはやはり、文章にも人を酔わせる魔力があることを否応なく知らされる。

私が文章で最も感動を受けたのは、大逆事件の死刑囚たちの獄中記であった。彼らのほとんどは無実の罪で死刑にされたのだけれど、獄中で最後に書き綴った彼らの文章には、乱れもなく、格調が高かった。

彼らの中でただひとりの女だった管野須賀子は、『死出の道艸《みちくさ》』と題して手記を残している。

十二人の死刑囚の中で、彼女のものが、最も激烈なことばにみちていたが、その文章の行間にみなぎる気魄の凄じさには打たれる。文章としては幼稚だし、決して名文でもなければ、いい文章でもない。しかし、彼女のいいたいことが、彼女の語彙や、文章で語りきれないもどかしさとなって行間にあふれ、文章を超えて読む者の胸になだれこんでくるのである。こういうものこそが文章のいのちではないかと思う。それと対照的に、幸徳秋水の文章は至れり尽くせりで、自分の思想を余すところなく、十二分に読者にそそぎこまなければやまないといった名文である。漢文調の格調の高い彼の文章は磨きあげた宝石のような冷たい美しい輝きを放つ。私は幸徳秋水の文章を読むと、生理的な爽快感を味わわされる。中でも、ただ一つを選べといわれたら、彼が七十近い老母にむかって、自分の近況を知らせ、須賀子と同棲した事情や、自分の主義についてのべた手紙である。わかりやすい文章で、噛んで含めるように書いてあるけれども、この手紙を見れば、母としてどうしても秋水の立場を認めずにはいられないような説得力を持っている。

原稿を書くせいで、日とともに手紙の文章が無味乾燥になってきつつある私は、秋水が、あれだけ、仕事のための文章を書きながら、死ぬまで、情感のあふれる手紙を、知友たちに書けたことにも驚嘆している。

これから、自分の文章がどう変わっていくか私にはわからない。けれども、いくつまで生きようが、決して、老いて文章が枯淡になったなどといわれるような文章だけは書きたくないと思っている。文章のいのちが瑞々しく匂うような文章で、小説を死ぬ瞬間まで書きたいと思う。

（「国語教育」昭和四十四年八月号）

自分への問い

先日、何気なくラジオのFMのスイッチをいれたら、モダンジャズが部屋にあふれ、その曲の終ったところで、若いジャズ批評家の声が聞えてきた。

ぼくがジャズに惹かれるのは、ジャズは刻々に変っていくということです。

そのことばに私は惹かれ、も少し彼の声を聞きたいと、スイッチの調節をした。既成の古典音楽と呼ばれるものは、様々な約束の上に成り立ち、その約束を守るところでつくられている。しかしジャズは、今日のジャズは昨日のジャズであろうとはしないところで成立する。見知らぬ男の若い低い声はそういう意味のことを淡々と語っていた。

ラジオを切ってからも、私の耳に彼の声が強く残った。私にとっては、ジャズについて語った彼のことばがそのまま小説に当てはまると考えられた。

五十年近く生きてみて、この頃私はようやく、人間は変るものだという考えが自分の中に居据っている。万物流転という観念も肌で納得されてきたような気がする。

自分だけを見つめても、人間は変るということのひとつの実験動物を見ているような感じがする。私は変った。小説を書きはじめてから、それがいっそう明らかになってきた。

私はこれまで何人かの明治に生れた女たちの生涯について書いてもいるが、彼女たちの生涯を書きながらも、人間は変るものだということを痛感した。

よく、あなたはどんな作家が好きですかとか、誰に影響を受けましたかとか、外国文学ではどこの国のものが好きですかとか訊かれる。

その度、私はどう答えていいかわからない。

ごく普通の文学少女だった私は、文学少女が読むような本をいつとはなく読んで小説が好きになり、書きたくなったのだから、これらの本にすべて影響を受けているといえる。

しかし、好きな作家といえば、年齢に応じて、生活環境に応じて変っていくものだ。十年一日の如く、志賀直哉が好きだとか、チェーホフが好きだとかいえる方が不思議ではないだろうか。もちろん、いい作品は、いいから古典として読みつがれるのであり、時間が淘汰して残ったものだからまちがいなくいいに決っていようけれど、それを受けとる側の方に、内面的変化があれば、受けとり方は変っていくのが当然ではないだろうか。

私は十九世紀の小説から読みはじめ、十九世紀の名作というものに感動して文学に入門したから、自分の小説も自然主義的手法の小説を書くことで出発した。

「文學者」の例会に出席しはじめた頃、出席された先輩たちが合評会で「人間が書けていない」とか「女が書けていない」とか「男が書けていない」とかいうのをよく聞いた。小説を書くということは、何よりも「人間」が書けなければならないのかと思った。

自分が小説を書きはじめた頃、私はこういう先輩たちの意見を素朴に信じこみ、「人間」や「男」「女」を書けるようになりたいと思った。

今、私は「人間」や「男」や「女」の一切出て来ない小説、風景だけの、あるいは「物」だけのある小説を読めたらどんなに感動するだろうと思いはじめている。そして出来れば、いつか自分がそんな小説を書くことが出来たら、どんなに素晴らしいだろうと思う。

今年に入ってから、ある書き下しのため悶々としていて、いつでも頭に鉢をかぶったようだ。私は自分が小説にとりかかると、かえって本をむさぼり読む、その書物の作品にヒントを得るとか、何かを得たいというのではなく、書物にこもっている作家のエネルギーや気迫の反射から、自分の創作意欲をかきたてたいからである。

ひとつの小説を書く度、目に見えなくても何か一枚自分から脱皮したい。そういう意味を持たない小説は書きたくない。いつからそうはっきりと私が考えはじめたのか。何月何日といえなくても、私がひとつの決意をして、中間雑誌の仕事と、きっぱりと縁を切った歳月と関係がある。三年前にあたる。

その頃から、文芸雑誌に私はまた書かせてもらえるようになった。しかし、それらの雑誌の編集者はたいてい、

「瀬戸内さんは瀬戸内さんらしい小説を書けばいいんであって、新しい小説とか実験小説とかいうものはやらない方がいい」

という意味のことをいった。また、

「夏の終りのつづきはどうか」

ともいった。私は、あんまりいい顔をされないのを承知で、すすめられる私小説はもう書かなかったし、主語のない小説や、行かえのない小説などをせっせと書いた。私はヌーボーロマンにかぶれたわけでもなく、新しい小説をわれも試みんなど決意したわけでもなかった。第一、自分の書く小説が実験小説など一度だって考えたことはない。

数年前、読んで、さっぱりついていけなかったヌーボーロマンなるものが、ある日、自然に、乾いた土に雨がしみこむように、何の抵抗もなく吸収できたとしても不思議ではなかった。何年何月、目から鱗が落ちたというのではなく、自分がたどたどしい小説を書きながら、小説をなぜ書くのか、書かねばならないのか、何を書きたいのかを考えあぐねているうちに、そういう素地がいつのまにかつくられていたのではないかと思う。私は中学生の文学少年のように、この年になっても読書好きだし、乱読家である。もし、そういうことが出来る身分になれば、朝から晩まで一歩も出ないで、好きな本ばかり読んでいられたら、どんなに平安だろうと思う。ある日、好きな日本の懐石料理より、突然タータルステーキが美味しいと思ったとしてもしかたがない。人間の嗜好などは気まぐれなものであって、いつ、変るかわからない。どうしてこっちが美味しくなったのか、生来、あなたの舌は日本料理むきの筈ではなかったか、こんな料理の味はわかる筈がないなどといっても、舌に聞いてくれというより本人は答えようがないのではないか。

私は本を好きで読むくせに、何となく読まずにいられない自分を客観的に見る時、刑罰のように本を読むという表現が浮んでくる。同時にそれは書くことにもそのまま当てはまる。私は小説を刑罰のように書いている。何から罰を受けているのかわからないけれども、赤い靴を履いてしまった女の子のように、もう踊りだしてしまったダンスをやめることは出来ない。本を読む自分も物を書く自分も、どこかに幽閉されている囚人のように見える。しかしどんな終身刑の受刑者でも生きているかぎり、全く彼だけにかかわるひそかな愉しみがないとはいえないのではないか。死刑囚にはひとつの窓しか与えられていないため、その窓の中に無限の宇宙を見るし、あらゆる人生の拡がりを想像する。閉じこめられた自分という人間しかいないため、自分の中に人間の存在のすべての謎を問いつめようとする。小説を読むことも、書くことも、死刑囚の窓から見える宇宙の神秘を追い需めることであり、自分の存在へのあくことない問いかけをはじめ、自己の魂の検証をうながすことに尽きるのではないだろうか。

いつからか、私は自分の想像力で見る詩的宇宙の拡がりや、自分自身の内奥の昏い褶《しゅう》襞《へき》にひそんでいる微細なものに光りをあてるには、従来の伝統的な小説のリアリズムではもどかしくなってきた。そして、筋のある小説や、身辺心境小説の名作といわれるものや、物語りや、随筆的小説の珠玉の短篇とかいわれるものがちっとも美味しいと思わなくなってきた。舌が変ったのだというよりしかたがない。説明出来ない嗜好の変化なのである。

小説は十九世紀で終ったとは、なくなった佐藤春夫氏がいつか私に直接話されたことばである。それを聞いた十年ほど前は、私はなるほどそういうものかと、そのことばを胸に畳んだ。しかし、今はそうは思っていない。十九世紀の名作と呼ばれるものだって、それが書かれた当時では、すべて新しかったし、何分かの前衛的意味を持っていたのである。ある編集者が私にいった。

「いいですか。新しい小説とか何とかいっても、新しがっているところから、たちまち旧くなるんですよ」

たしかにそういうこともいえるだろう。けれどもまた、常に歴史は、新しいものだけが変革し、前進させているともいえる。新しいものはいつでも異物だし、不調和だし、不均等だし、不協和をかなでる。あらゆる面で従来の秩序や軌跡に安心していられるならば、わざわざ小説を書くことを選ぶ必要はなかったのだ。

よく、小説を批判する時「わからない」という一言で片づけられることがある。わかりすぎる小説というものに馴れすぎている自分の目の方を疑ってみようとしないのは怠慢ではないだろうか。私はまた人からよく「人間には資質があって、自分の資質にないものを無理にやろうとしても損だ」と忠告される。人間の資質もまた、変るものだということを信じていない素朴な自信はどこから来るのだろう。

子供の頃、私は万華鏡が玩具の中で最も好きだった。安物の万華鏡しか与えられなかったけれど、私は新しく買ってもらう度、それを性こりもなくこわして見て、中のからくりを確めた。いつでも中からは、色紙のきれっぱしや、硝子の破片や、ごみとも等しい南京玉みたいなものが、みすぼらしくあらわれるだけだった。どうしてこれが、あの筒をちょっとゆするだけで、あれほど多彩で変幻自在な美しいまぼろしを見せてくれるのか不思議でならなかった。まやかしと呼ぶにはそのまぼろしはあまりに美しすぎ、私の目には実在の物以上に確かな存在感を持って迫った。

小説を書くという操作に行き悩む時、私はよく子供の頃、こわした数かぎりない万華鏡の残骸を思い浮べる。

私の小説を書いている核などは、裸にしてみれば、あのみすぼらしい紙片や、硝子の破片や、ごみのような南京玉のたぐいにすぎないのかもしれない。それでも、筒のまわし方ひとつで、どんなまぼろしの像を結ぶかしれないのだ。万華鏡のからくりをつきとめることに夢中になって、それを思わずこわしてしまったような衝動が、私をつき動かしてくる。そして私は、私の書く文章や、ことばが何とも不安になり、この上なく不確かなものに見えてきて、それを一行、一文、きりくずしたくなってくる。

そんな時、同時代の世界の作家たちがひとりひとり、孤独の中で営んでいる小説の破壊作用にも見える新しい小説づくりに興味をそそられる。

手さぐりでもいい、未完成でもいい、過去の、あるいは現在の自分の場や、技法に安心していない作家の小説づくりが私には強い魅力を持って迫ってくる。

この原稿はデュラスについて書くようにといわれたのに、私は、自分のことばかり喋ってしまった。今年になって、私はひとつの小説を書こうとして四苦八苦していて、それが一向に進んでいない。せまい牢の中に幽閉されているような気分で、いつでも身動き出来ない鎖につながれた気分でいる。そのせいか何を書こうとしても、自分のことになってしまうし、自分への問いになってしまう。答は自分の書く小説でしか出て来ないのはわかっているのに、こんなぐちめいた声のつぶやきになる。

デュラスに惹かれたのは彼女の小説の行間にこもる空白の部分である。かといって、私はデュラスに似た小説を書こうとも思わないし、書けもしないだろう。かつて私がコレットに惹かれたのは、コレットの中に自分の血とつながるようなものを見たからであり、今、デュラスが好きなのは、全く異質なものへの憧れである。そして恋はいつでも異質なものと同化したいという欲求であるように思う。

私は丘の上のアパートのてっぺんの部屋に囚人のように居据って窓からひとつの風景だけを見つめている。その限られた風景のすべてとせまいその部屋のなかだけを舐めるように書きたいという情熱だけが、私を椅子にしばりつけている。

たったひとつの風景と、たったひとつの部屋が、日により、時により、万華鏡の中にあらわれるつかのまのまぼろしのように、変幻する。私のペンは、それに追いつけなく、それを正確に写しとることにしばしば絶望して、渋滞してしまう。

私は自分の万華鏡をにぎりつぶしたい衝動に駈りたてられ、呻き声をあげる。

「いっそ、私小説にしてしまってはどうですか」

と編集者はいう。私はふりかえって考える。私の私小説と呼ばれている「夏の終り」を書いた時、私は、私小説を書こうとして書いただろうか。あの時は、あの方法、あの文体でしか、自分の中のものを吐きだせなかったからであり、あれは自分の中の膿を吐きだしたいから書いた小説だった。しかし、今なら、あの小説を、全くちがった視点から、全くちがった小説に書きたいと思う。

デュラスは一つの題材を小説で書き、戯曲で書く。一つの戯曲を、そのまま小説に書き、またそれを戯曲に還元する。しかしそのどれも決して同じではない。小説作法についてデュラスは他の前衛作家のように論じたり、説明したりしないが、いつでも新鮮に脱皮し、生れかわってみせるエネルギーは抜群である。変幻自在で柔軟で、しかも瑞々しい。

デュラスの手になると、愛も、死も、別離も、ひとつの風景のように見えてくる。デュラスの極度に短い背景の描写が、読後に不思議な実在感を持ってある風景を思い描かせるように、デュラスの、ほとんど動かない人物たちのとめどもない会話は、かえって、その人間の石のような無言の心の闇を覗かせられたような気持になる。

とはいうものの、私がいつまでもデュラスを好きでいるとはいえない。いや、もう、ほとんどデュラスを読みたいとは思わない。

むしろ、今は、ラウリーの詩的宇宙の大混乱の洪水の渦に溺れこむことが、私にきらびやかなめまいを感じさせてくれる。

どうしてだろう。私は年と共に、明るいもの、健康なもの、正規なもの、透明なものに魅力を感じなくなっていく。

私はどこへ行きつきたいのだろう。どこまで変りたいのだろう。自分の知らない自分に問いつづけることが、私にはまだ小説を書くことを止めさせようとはしない。

（「文學者」昭和四十五年七月号）

私小説と自伝の間

私は人の伝記をいくつか書いている。今度筑摩書房で作品集を刊行してくれることになって、自分の作品を改めてふりかえってみたら、伝記が思いの外多くその量を示したのに愕かされた。内容見本に文章をいただいた諸先輩の方々の多くが、特に伝記にふれて書いて下さり、私の作品の中で伝記が重い位置を占めているらしいことも私には当然のようでありながら実は意外であった。

なぜだろう。私は伝記を書き終る度、何だか不安な落ちつかない感じがつきまとってしばらく憂鬱な想いに捕われてしまう。

作家の歓びとは、どんな小さな文章でも書いた後に一種のカタルシスが味わえることに尽きると思うのだが、伝記ではそうはいかない。小説の場合は、たといそれが他人の目にどう不様に出来の悪いものとして映ろうとも、自分はとにかくそれを書ききったという感懐があり、それは確かな、肉体的手ごたえになって私には残るのだが、伝記ではそうではないのだ。

自分の書いたこの人は、あくまで自分の感じたこの人であって、もしかしたら、この人は全くこんな人ではなかったかもしれない。あの時のこの人の行動はこうであって、自分はそれを出来るかぎり正確に書き残したつもりだが、この行動をしたこの人の心の中は全く行動とは裏腹で、自分の行動を全面的に否定していなかったとどうしていえよう。

この人はこうはっきりと書き残しているけれど、人間というものは、物を書く時、無意識に、心にもないことを書いたり、意識して心と反対のことを書いたりするものである。とすれば、この何行かの貴重な資料を果して信じて取りあげていいのだろうか。疑えばきりのない心配が後から後から雲のようにわきおこってくる。そして結局は、書いているうちに、次第に死界からよみがえってくる霊魂のようなものにこづかれ、責められしながら、また書きすすめていくというふうな工合なのであった。

そのため、私は書き終った時、いつでも何だか気分がすぐれず、伝記というのは結局は高尚な読み物にはなっても一級の文学にはならないのではないかと迷ってしまうのである。

しかし、私の読者の中には、私の書く伝記を最もよく読んでくれる人が多い。正直いって、私はそういう読者に感謝しながらも何か一抹の不満を感じるのである。やはり小説をほめてくれる時の方が何倍か嬉しい。

もう書くまいと思いながら、またしてもまた誰かの伝記にとりかかるはめになるのはなぜだろうか。それはやはり、今度はもしかしたら、前の人よりもっと自分でも安心の出来る伝記が出来るのではないかと思うからである。

そのうち思いきって自分を伝記的に書いてみる決心をしたのは、やはりこういう伝記に対する不安と不信を打開するため、これなら絶対まちがいなしにわかっている自分を材料に伝記を書けば、どういうものが出来るかと思ったからであった。これは誰にも迷惑をかけない実験である。どうして早くそれを思いつかなかったのであろうと悔んだ。

ところがいざ書きはじめてみて、こんな難しいことがまたとあるだろうかと、私はすぐ音をあげてしまった。自分のことだから、とった行為も、その時の心理のうちも何もかもみなわかっている筈である。資料はあり余るほど揃っている。第一、私は小説を書きはじめの頃、いわゆる私小説なるものをずいぶん書いていて、私の半生の節のようなものは念入りに記録してあるのだ。こんな便利な話はない。そう思ったのが浅慮で、いざとりかかってみると、自分の記憶ぐらい自分本位に都合よくまげて覚えこんでいるものはなく、自分の行動と心理くらい、麻のように乱れこんがらがっているものはなく、自分の心の奥の奥くらい、固い殻でしっかりとかくし秘めているものはないということを思い知らされたのであった。

二年と半年、私は自伝「いずこより」を連載していたが、その間じゅう、締切間近になると、すっかり体の調子が悪くなり、食慾がなくなった。私の書いた女たちの亡霊から私は手ひどい復讐を受けているのではないかと思った。

小説があるからと安心していたのがまたとんでもないまちがいで、私小説というのがこれでなかなか嘘だらけであり、リアリティのある場面ほど、つくったものであり、しかもつくったところの方が、本当にあったことよりずっと迫力があるため、自分でさえそんな事実があったように半ば思いこんでいたりするのであった。

書きあぐね、書き迷い悩んだ末、ようやく予定の時期まで書き終ってしまうと、私はもう、その自伝小説を、見るのも厭になって押入れに投げこんでしまった。

それからまた、二、三年すぎ、今度はじめて、それをとりだして読みかえしてみたら、不思議に客観視出来て、書き直す意欲が湧いてきたのである。結局一年がかりで、ほとんど書き直してしまった。

嘔吐の出るような想いであった。小説とは自分の膿や垢や恥を失って書き並べるものだといわれているが、これは自分が死んだ人をよみがえらせるという不遜なことをしたため受けた罰であったのだろうと思い至った。願わくば、私の死後、私のことなど書きたいという酔狂な女の子などあらわれてくれませんように。

（「ちくま」昭和四十七年四月号）

偽紫式部日記

女の身に生れて、物を書くなどというわざを覚えたことがはたして幸せだろうかとおききになりますけれど、ちゅうちょなく、そんなことは不幸せに決っていると申しあげとうございます。今の世の中は私どもの生きていた千年昔ののどやかな王朝とは比較にもならぬほど、文運隆盛の御代とかで、殊にも才女とか呼ばれる女性たちが、大型、中型、小型などと、ずらり居並び、互いに賢才を競っていられるとやら。その上それら書かれた小説や随筆や詩は、私どもの時代には想像もつかないほど多くの人々に需められ、読みあさられているとか。めでたいとも不思議ともまことに奇異な感じがいたします。私どもの生きた日々には、女は学才のあるのをひたかくし、女の身で漢文を読むのは不吉なこととさえされていましたのに、世の中も変れば変るものでございます。

物を書くということは、どんなにその動機をいいつくろってみたところで、自分の存在を他人に認めさせたいという願望からしか生れませんので、いくら、女らしい柔々しい風情をつくり、殿方だけに頼っているといった可憐な様子をしてみせましたところで、物を書く女なんどの心の芯の強さ、憎々しさは、かならずいつかは相手に見ぬかれ、怖がられ嫌われてしまうものでございましょう。物を書き、しかもその上で夫を持ち、子供を産み、平和な家庭を破綻もなく営んでいるなどという物書き女を、私は信じませぬ。いい小説も詩も随筆も、書き手の心の不如意からしか生れないものでございます。

清少納言や和泉式部や、赤染衛門と比べて、私の書いた物語が、彼女たちの書いた物より、はるかに多く読まれ——まことに正直に申しあげて、私の書いたものが千年もの長い生命を保ち、私などの想像も及ばなかった世界の涯々の国の人々にまで読まれ、ぼうぼわの君などという、とつ国のすぐれた女哲学者とやらにまで愛読されているなど、千年前の私が想像もしたことでしょうか。——価値高く扱われているというのも、私の人知れず流した涙や、心の苦悩の度が、あの方たちよりも深かったせいかもしれないと思います。

物語は才気や学問だけでは書けるものではありませぬ。物語は心の不如意の怨念や、淋しさや苦しみや、嫉みや卑下や、後悔などの劣情の、もろもろの瘴気の中から幻のように生れでてくるもののように思われます。

私の源氏物語が千年も読まれ、世界じゅうの人々に理解されているというのは、おそらく物語のかげにかくされた私の心の凄まじい空虚と嘆きの声が、読む人の心にからみつくからではありますまいか。源氏物語を華やかな愛欲絵巻と観じる方は、書き手といたしましては嬉しい読者ではありません。しかし一たび書かれて作者の手を離れてしまった作品は、誤解の海へ放たれた小舟のようなもので、あらゆる偏見と誤解の大波小波にもみぬかれる運命のように思われますので、私は作品の批評をさほど心にかけないことにしております。

　私自身につきましても、千年もの長い間をかけて、さまざまなお偉い学者や研究家が、徹底的に研究しつくして下さっているようですが、私から見れば、およそ戸籍しらべなど無意味なことと思われます。作品と私の生いたちがそれほど関係があるとも思われません。私の本名が、香子であろうが響子であろうが、春子であろうが、かまわないのです。どうせ紫式部という筆名が、いつのまにか定められてしまった以上、そのかりの名で通してくれた方がすっきりいたします。

　私は一度しか、しかもほんの三年にもたりない歳月しか結婚生活の経験はありません。それはあなたたちがお調べ下さった通りでございます。しかし私が夫の宣孝《のぶたか》以外の殿方と、全く恋をしなかったか、枕を交さなかったかということは、どなたの手でも真実が明らかにされてはおりません。いうまでもなく物語は空想の所産でございます。

　かげろう日記の作者のように、自分の経験だけをしっかり捕えて書き、自分の心を覗きこみ、投げこまれた苦悩の淵から少しでも這い出ようとする書き方もございますが、私は物語はやはり作り物で、嘘をいかにもまことらしく書き、読者を作り物と承知の上で、思わず感動させるものだと考えております。かといって、物語の細部の描写はあくまで現実性を感じさせなければそらぞらしくてなりますまい。かげろう日記が人をうつのは、作者の苦悩のなまなましさが、文字の中から火をふいてくるような真実感にあると思います。作者の呼吸や肌の熱まであの中からは伝ってまいります。しかし私は性格のせいか、ああいうように自分の心の襞の奥まで人前にさらけだしてみせることは出来ません。あの方は一見とりすましていて、勇気のある方だと思いますが、真実の告白必ず誠実とはいい難いと私はひねくれて考えます。あの方はなみなみでなく自尊心の強い方で、そのためいつでも満されぬ愛に自尊心を傷つけられて苦しんでいるようですが、あの日記に書かれたかぎりでは、やはり男からみて可愛げのない扱い難い女といわれても仕方がないでしょう。

兼家様は如何にも藤原家の氏《うじ》の長者《ちようじや》にふさわしい魅力ある御方です。私を格別ひいきにして下さった道長さまが、たくさんの御子の中では最もお父上の兼家さまに性質も容貌も似ていらっしゃいましたが、色好みの点では御父上の方がはるかに上廻った情熱をお持ちのようでした。

光源氏のモデルについても、様々な推察や憶測がされているようですが、物語の中に書かれた人物などは、作者の記憶や現実の体験と書物の中から得た知識の体験とをひっくるめた中からつくりだされるもので、たったひとりの人をそっくりモデルにして使うなどということはまずありますまい。兼家さまも道長さまも伊周《これちか》さまも、さかのぼっては歴史の中の人物も光源氏という主人公の中に嚙みくだいてとかしこんであるつもりです。またふらんす国のふろうべる殿がぼばありい奥方は私だと申されたと同じような意味でなら、光源氏は私だと申してもよく、作中の女という女は私だと申してもよいと考えます。今の世の物語をつくられるあなたなら御経験でおわかりと存じますが、作家は作中人物に自分の心や経験を投影してしまうものですし、愛情をこめた人物ほど自分のいのちをそそぎこんでしまいます。私は和泉式部のように不用意に派手な恋愛沙汰こそはおこしませんでしたけれど、世上に伝えられているほど、まるで貞淑な未亡人の鑑のような生活を送ったとはいえません。現実の恋に費す活力の無駄をしなかったから、その分だけ、あの大作に活力がつぎこめたのだという説もあるようですが、それはどうでしょうか。物書きというものは、恋をする活力と創作する活力は正比例しているように私には思われます。私はすべてあからさまなことはあさましく思われるたちですゆえ、自分の恋などはすべて秘密につつみかくしておりました。いえ、恋というのは秘密のうちこそ真のよろこびもあわれもあるものでして、その恋が世にも人にも知られ、あまつさえ認められてしまうようになっては、もう恋の真の醍醐味は失われたと申せましょう。

私は恋をする相手には、秘密の守れる男を第一条件に選びました。あなたならわかってくださるでしょう。父のように年上の夫と三年暮し子供をひとり産んだだけで、なぜ、源氏の世界の人々のあわれや心理が描きわけられるでしょうか。いくら私にかりに大天才の想像力が恵まれていたといっても、あの恋のさまざまな細部の現実性は、恋の経験なくして書けるものではありません。

私は恋をしました。はいそれも数々の恋をしております。その多くは男にいいようらし、最後は自分を守り、男に恨みをいだかれたことが多かったのですが、恋とは傷つけた分だけ自分も傷つけられるふしぎさを持っていて、あの物語は私の恋の傷から滲みだす血潮を墨にかえ、書かれたと申してもよろしいかと思われます。

自分のつくりだした物語の中の人物の中にも、自然、好き嫌いの差が生れてくるのは、全く計算の外のことで面白うございます。源氏物語の中の雨夜の品定めや、紫式部日記の中の同輩の人物批評などから、私の女性観とはこうであると、決められていたりしますが、女性観や男性観はしじゅう心の中では移り変るものでございます。雨夜の品定めを書いた時限ではああも思い、日記を書いた時期にはこうも考えたというのが正しく、そういう断定よりは、私のつくりだした女人たちの中に、私の好きな女の容姿や、性格などがそれぞれ分散させて書きこんであります。

桐壺や夕顔や花散里や末摘花や浮舟や紫の上など、いかにも女らしく男が庇護せずにはいられないような可愛らしいやさしい女というのは、物を書くような私には最も遠い存在なのはおわかりでしょう。ですけれど、人間は自分と異質のものに惹かれるという性格も持ちあわせております。私は彼女たちを書く時、思わず時々涙ぐむほどいとしさがこみあげてくる想いで愛情こめて書いた覚えがございます。決して物を書こうなどしたりしない女、男に頼り、男に従い、つらい目にあわされても男を恨むすべもしらないような女、運命に流されるだけで、決して運命と闘うことなど思い及ばないような女。そんな女たちこそ、幸せになっていいのだという考えが私の中にはあるのです。しかし、私自身は、およそ彼女たちのようにはなれない女です。かげろうの作者ほど意固地な性格ではなくても、やはりかげろうよりはもっと迫力のある、かげろうよりはもっと規模の大きな、広くて深い物語の宇宙をつくりあげようなどと大それた望みを秘かに抱き、筆をとりはじめたような私は、どんな烈しい恋のさなかにも、そういう自分をみつめるもうひとりの自分の目を抱いていて、心のどこかが淋しさにしんとしております。私の心の底では万物流転と観じております。深い信仰心も、素直な信神心も抱かないくせに、何か超越的な偉大な造物主の力だけはひしひしと感じます。

物みなは、人の心もふくめて、一刻一刻、休みなしに流転しているのではないでしょうか。星のめぐりや日月の運行のように、一刻の休みもなく流されつづけているのではないでしょうか。

人は死すべき者として造られ、この世に生を享けた瞬間から、老いと死だけに向ってひたすら流されつづけねばならない運命を担わされております。その僅かな生涯に、栄華を極めようが位人臣《くらいじんしん》を上りつめようが、所詮は、路上の野ざらしと同じ白い一にぎりの骨になるだけなのです。このはかない人の世に、生きているしるしに、人は恋をし、裏切り、裏切られ、いじらしくはかない喜憂に眉をひらいたりうなだれたりして日を送っております。私に興味があるのは、こうした人間のかかわり方ではなくて、彼等がつくられた肉体の中に封じこめている心理の綾なのです。造物主はひとりとして同じ顔の人間を創らなかったと同時に、そのただひとつしかない肉体という容器の中に、やはりただひとつしかない心を封じこめて、この世に送り出しているのです。

私にとって人間の運命はさほど興味をそそられる問題ではございません。私が書きたかったのは千差万別ひとつとして同じもののない人の心理の動きなのでした。心の冷熱の度合なのでした。

流転する人生と、流転する心理の刻々を捕えて、書き残してみたかったのです。

そういう私にとって、身近な心理は、藤壺、空蟬、葵上、六条御息所、明石、玉鬘、宇治の大君のような女たちの抱くものでした。

男に愛されるだけでは満足出来ず、自分の心を自分で封じこめようとしたり、自然の心にさからってみたりせずにはいられない自我とつらい誇りを持った心の飢えでした。光源氏という人物は、そういう女たちの心を映し出す一枚の輝く鏡にすぎません。この鏡の前に立たされただけで、女の肉体のかげに封じこめられている心のどんなかすかなかげりまでもが、ありありと映しだされてしまうのです。素直な女は鏡のあまりの輝きに目を閉ざしてしまい、映し出された自分の心を見ることも出来ないのです。我と誇りのある女は、鏡のまぶしさに盲目になりかけながらも、必死になって瞼を押し開き、そこに映し出された自分の心のみじめさや、愚かしさや、貧しさや、卑小さを見とどけてしまい、ほとんど絶望的になってしまいます。彼女たちこそ、私自身の最も親しい分身だというゆえんでございます。

とりわけ、あまりに烈しい純粋な熱情と、誇り高い心を持って生れたため、生きすだまになって、現身の肉体から離れ、人にとり憑く六条御息所の心こそ、私には最も親しくいとしくなつかしい気がいたします。

生きすだまになって人に憑くほどの烈しい想いをしたことがあるのかと、おたずねでございますか。はい、恥しいことながら、ふと、自分の魂がある人を襲ったのを、ありありと夢に見たことがございます。覚めた時、全身冷たい汗で溺れたように濡らされておりました。

眠りは深かった筈なのに、おびただしい疲労に手足も萎えきり、すぐには起き上ることも出来ませんでした。

その時はいうまでもなく、秘かな恋に捕われており、男は逢うとかぎりもなくやさしい口をききながら、同じその口で別な女に、もっと甘い恋を囁きつづけていたのでございます。罪もないその若い女は、あまりの烈しい生きすだまのさいなみ方に起き上る気力も奪われ、寝ついておりましたが、ある夜明け前、また生きすだまにひきずり起されて、さんざん責めさいなまれた揚句、厳寒の古井戸の底にひきずりこまれ、はかなくなってしまいました。

その生きすだまが、女のものだったという噂が広まっていましたが、殺された女の相手の男が、あまりに恋の多い華やかな男だったゆえ、若い女を嫉み怨む筋はかぎりもなく多くて、生きすだまの正体については、あれこれ噂ばかりが流れ、誰も私の軀から夜な夜な抜け出していったものだなどとは夢にも気づかないようでした。

けれどもあの男だけは、それを知っていたのでございましょう。私を怖れる態度が目に見えてつのり、秘密の逢瀬の連絡も、急速にとだえがちになっていきました。その恋は多くの私の恋と同様、誰にも気どられぬうちに、そうしてはかなく消え葬られてしまったのでした。

物を書く人間は、どんなそらごとを書きつづっていても、どこかに自分の最もいまわしい秘密をこっそりその作品の中に埋めこんでおくものでございます。

源氏五十四帖の中には、まだあそこにもここにも私の秘密がかくし埋められております。

そうして千年も歳月が流れ去ってしまいますと、そらごとと真実のあわいが茫々としてきて、私自身でさえ、つい物語に書いたことの方が、ほんとうに私のなま身が経験したことであったかのような錯覚を覚えるようになりました。

あなたも、私ごとなどあからさまに正直ぶって書くことはもうおよしなさいまし。人の伝記も如何なものでしょうか。人の生涯なぞ、いくら探っても、なぞっても、行為と作業は捕えることは出来ましょうが、流転する心の全貌などは、決して窺いしれるものではありません。あなたの書かれた俊子も、かの子も、すが子も野枝も、それから文子も、あなたの書かれた自分の伝記とやらを読み、あの世で声をあげて笑うか、舌をだして首をすくめているのではありますまいか。

物語はあくまでつくりものの世界を創造するのにかぎります。真実よりも真実らしい虚構の世界が、ずっしりと手応えのある小宇宙になってあらわれる時、女としての幸福とひきかえに、物を書くことを選んだ悔も、一瞬は忘れさせてくれるのではないでしょうか。ただし、物を書いたりした女の魂は、死後千年もこうして空中にさまよいつづけ、決してやすらかな成仏などさせてもらえないという例をお見逃しなく。今でもおそいということはありません。今からペンをお捨てになるのもひとつのあなたの生き方でございましょう。

（「新潮」昭和四十七年八月号）

わが文学の揺籃期

戦災に逢わない頃の徳島の町は、眉山の麓に帯の様に長くのびた旧い静かな城下町で、低い家並がせまい道をはさんでつらなり、真中を新町川が帯締のような形で縫っていた。川の両岸には白い藍蔵の土蔵の壁が並び、その壁に朝日や夕陽が美しく映えていた。黄昏もその土蔵の白壁から滲みわくように見えた。

春になると、町のどこからか巡礼の鈴の音が聞えてくる。白い巡礼姿にすげ笠をかぶったへんろは、必ずしも家族に見放された業病の放浪の流人とはかぎらない。嫁入前の最後の春を、清らかな白衣に身をつつんで、お四国さん廻りをして幸福を祈るというふくよかな頬の乙女もいた。

巡礼の鈴に乗って春が訪れてくると、こうもりの飛びかうなまあたたかい宵の町に、冴えた拍子木の音がひびいてくる。

その音を聞きつけたとたん、町の方々の横町からわらわらと子供たちが飛びだしてきて、拍子木のもとに駈け集ってくる。拍子木を打ちならして歩いているのは人形まわしの男であった。

男は紺の股ひきの上に黒衣のようなものを着て、その腰に拍子木をぶら下げている。肩にふりわけにして、つづらに似た仕込箱を二つ、棒に通してかつぎ町から町へ廻っている。とある町角に荷をおろすと、ひとしきり拍子木を打って人を集めてくる。一廻りして帰ってくると、彼の肩のまわりには、もうびっしり人垣がとりまいている。三つ、四つの子供から、背中に孫を負ったお婆さんや、買物がえりの野菜もさげたままの主婦やら、出前のかえりのそばやの小僧などもまじっている。宗匠ずきんの御隠居さんも、使いのもどりらしい足を立ちどまらせにくる。

「おっさん、早うせんか」

「早うしてえ」

子供たちに口々にせがまれて、人形まわしの男はわざとのろのろ支度をする。二つの箱を離して並べ、その上に一本ずつ竿をさし、その竿に棒をさしわたす。箱の中にはひきだしがついていて、その中に人形芝居で使う木偶人形が、衣裳をつけたまま、三つ折りにされて入っている。男は無造作に人形をひきずりだし、横にさし渡された棒の上にひとつずつひっかけていく。帯に鉤でもつけられているのか、人形は腰のところで金棒にとりついた人のような形でとまるのだ。

赤い衣裳の、びらびら簪《かんざし》も重たげなお姫さまや、黒繻子《くろじゆす》の衿のかかった水浅黄の小紋の着物に、紫のふきをなまめかしくのぞかせた眉の青い老け女形《おやま》や、かっと太い眉をつりあげて口をへの字に結んだ凛々しい男前の人形や、赤ら顔にこわい鬚をはやした見るからに意地悪面の首《かしら》など、せいぜい、三つか四つの人形が居並ぶと、棒の上にいっぱいになってしまう。男は見物に飴を買わせ一通り、銭を集めてから、もう早く見たさで焦り焦りして足ぶみしたり、肩をゆすったりしている子供の顔を見わたし、はじめて人形のひとつを取りおろし、構えるのだ。

「〽切っても切れぬ恋衣や、元の白地をなま中に、お染は思い久松が、跡をしとうて野崎村、つつみ……チンチン、チンチン、チンチン、チンチン、チテツン、ツツン、テレトン……づたいにようようと、梅を目あてに軒のつま……」

人形まわしは人形を遣いながら、口三味線の合の手をいれ、浄瑠璃を語りつづける。見物の大人たちが興に乗ってそれを助けて口三味線をいれる。子供たちは浄瑠璃の文句の意味など全くわからないまま、いつのまにか自分も人形の動きにあわせて首をふったり、うなずいたりして、人形に見惚《みと》れてしまう。

私はいつでも子供たちの最前列に陣どって、人形を見上げていた。白い人形の顔に夕陽がさし細い首がはかなげにいやいやをすると、人形の目から涙がこぼれ落ちるのが見えるように思う。若い男はいつでも美しいお姫さまや娘に恋をして、その恋はたいてい意地悪な悪役に邪魔をされる。物語の筋も流れもわからなくていいのだった。

人形まわしは長い浄瑠璃のさわりの一所か二所を語り見せてから、人形をまた三つ折りにして箱につめこみ、肩に荷なって黄昏の色の濃くなった町角を去っていく。

一名箱廻しと呼ばれた流浪の人形まわしが幼い私の心にはじめて人の世には哀切な恋

というものがあることを、世の中は嬉しい想いより悲しい想いの多いことを、それらをつづれば、物語が出来、嘆きの歌が生れ、人々に共感や感動を与えるということを教えたのだった。

何歳頃から私は人形廻しを見ていただろうか。まだ字の読めない三つ四つの頃から、私は浄瑠璃のことばから「文章」をそらんじるようになっていた。私の最初にふれた文学とは、浄瑠璃の文章であったといってまちがいない。

私は二人姉妹で、姉は私より五つ年上だった。家は神仏具商で、父も母も教育らしい教育も受けていない人間だった。家には文学的な本など一冊もなく、とっている雑誌はキングや主婦之友だった。しかし両親は子供を溺愛していて、放任主義で、したい放題にさせた。姉はどういうわけか小学生の頃から文学少女めき、雑誌を何冊もとっていたし、本を読みきれないほど買いこんでいた。私は姉の雑誌や本も、字が読めるようになるのを待ちかねて読みあさった。病弱で友だちに恵まれなかった子供の私にとっては孤独と書物が何よりの慰めであった。もし自分の文学の揺籃期というものがあるとすれば、私は物を書きはじめる以前の、あの混沌とした幼児期のこうもりの飛ぶ古里の黄昏の中にこそただよっていたような気がするのである。

(『新潮日本文学・瀬戸内晴美集』昭和四十七年四月刊)

II

河野多恵子の執念

昭和三十八年八月七日第一ホテルのロビーに於ける、芥川賞直木賞授賞式の河野多恵子は、とてもきれいだった。式に間にあうようにと、大阪のお母さんが送って来られた白上布の着物に、紺とピンクの抽象模様の品のいい博多帯が清楚だった。彼女はいつもより柔和な顔つきをして、テレビの撮影機や、報道陣のカメラがいっせいに狙う中で、にっこりとほほえみ賞品を受けとった。その上、その微笑を終始たやさず、他の二人の受賞者の誰よりも長い挨拶を悠々とした。その間私の背後に声あり。

「写真よりずっと美人じゃないか」

「あれで何度結婚してるんだい」

私はふりむいていった。

「まだ一度も結婚してないのよ」

へえという声は、信じられないといったふくみをもって聞えた。彼女の挨拶はまだつづいている。ここまで来たのはいい仲間のおかげだというようなことを言っている。丁寧なことばを大阪のアクセントで、低い声でしっかりしゃべる。私は心の中でくすくす笑っていた。今、この落ちつきかえってみえる彼女が、実際は上《あが》りに上った極度の緊張の中で、頭は真空で、何ひとつ自分の「現在」をわかっていないのを識《し》っていたからだ。彼女の不断の声は、こんな低いセクシーな声ではなく、小説の話でもはじめようものなら頭のてっぺんからふりしぼるような黄色い声を出す。電話の声は、囁くように甘く細い。

こういう低い声を私は今年の正月にやはり一度聞いている。あるテレビ局で三十八年度のホープという特集番組をつくった。その時、映画の吉永小百合なんかと並んで、文壇では平野謙氏の推薦で、河野多恵子が出た。彼女にとってははじめてのテレビ出演の経験だった。友人としてハラハラしながら画面をみていた私は、にこやかな表情で、ゆっくりとよどみなく抱負？　をのべる彼女の低い声と、カメラ度胸に安堵と同時にすっかり驚かされた。ちょっとだまされたような気もした。後で、落ちついてて感心したと評すると、彼女は聞きなれた高い声でヒーッと笑い、

「上りに上って、頭がからっぽで、何いってるんだか何もわからなかった」

と白状した。

私は女流文学賞の授賞式に感きわまり、泣きだした。同じ心理でも、こういうあらわれ方をする所が、彼女と私のちがいだし、それだからこそ、十年も、あたかも牟礼魔利と苅萱梗子の如き友情がえんえんとつづいてきた所以なのだろう。

小説の鬼ということばがあるけれど、彼女こそは小説の餓鬼である。もちろん、もっ

と年をとれば、彼女は（私だって）小説の鬼になりたいつもりではいる。彼女の餓鬼ぶりは徹底している所が見事だ。授賞式の着物を送ってきたお母さんは、これまでだって、始終彼女に洋服布地を送ってくる。ところが受賞直後のテレビにあらわれた彼女は三年前の夏服を着てお母さんをいたく失望させた。仕立代がなくて（もしくは惜しくて）、布地はみんな押入れになげこまれていたからだ。彼女は、書きたいホンモノ以外は飢えても筆をとらないという覚悟を生活の芯にして生きている。その点決して浮気で非人情なジャーナリズムのおだてなどには、瀬戸内晴美の如く、のせられるようなことはぜったいしない。文学一途に打ちこむため、三年前わずかな給料の勤めをやめて以来、彼女の生活の貧乏ぶりは、徹底していた。豊かな商家に育った彼女だから、何も貧乏が好きなわけではない。恋愛も結婚も芥川賞をとるまではと、みんな見送ってしまった。あるいは自分でこわしてしまった。かつては彼女にも結婚適齢期があって、その時大阪の実家ではいくつも縁談があった。断るのにこまりはて、私は彼女に懇願され、彼女の実家に乗りこんで、善良な両親に、

「多恵子さんは丹羽先生の門下でも最優秀折紙附で、今に必ず芥川賞をとりますから、結婚させなくても大丈夫ですよ」

と大胆不敵なマッカな嘘をつかされた。その頃の彼女も私も、全く無名の、同人雑誌の中でだって、大して認められていないチンピラ文学少女だったのである。善良な御両親は、彼女が前もって宣伝しておいた、私がすでに一かどの女流文学者であるが如き幻

影を素直に信じられたか、私の演技が神技に達したか、あまりといえば確信ありげな私の「断言」に信じざるを得なかったのか、ついにそれ以来、彼女の縁談はぷっつりと訪れなくなった。ようやく彼女が命がけの望みを達した今、私はもしも、今日の日がなかったら、あの御両親に何の顔あってまみえんかと冷汗三斗の想いがする。

フランス文学よりイギリス文学が好きで、エミリイ・ブロンテ、鏡花の好きな彼女は、生涯私小説は書かないだろう。

情緒や感傷や感動で、歌いあげたり叫んだりする女らしい小説の大嫌いな彼女は、女流作家の資質には珍しく、男が小説を書く方法で小説を書いてきた、また書いていくであろう作家である。現実や、実感、体験のすべてを何度も何度も裏がえしたり、ひっくりかえしたり、ふるいにかけたり裏ごしにかけたりしてからでないと材料に使わない。従って彼女の小説の世界のリアリティは、すべて彫金細工のように丹念に人工の鑿《のみ》でほりあげられたものの堅い冷たいきらめきをもっている。そういう小説が好かれても嫌われても、彼女はそれしか書きたくないのだから、わき目もふらず、なりふりかまわずやはりその巧緻な技術の腕をみがきぬくだけだろう。

こんな彼女の小説を読んで、「あの倒錯のヘキは本当にあるんですか」など私にそっと聞く人が多いのは笑止の沙汰だ。

彼女の頭で、何度も組みたてられつき崩されしして出来上る作品の過程に、彼女の心臓をきった血潮がもっとたっぷりとぬりこまれる日が来たら、彼女の夢に描く「理想の文学」が出現するのだろう。

どうでもいいことだけれど、地味で、非社交的で、誤解されやすい彼女のために、熱烈な崇拝者や、シンパの若い青年が意外に多い事実を、蛇足までに。

（「新潮」昭和三十八年十月号）

押しかけ客

昭和三十八年の十二月のはじめから私は目白台アパートに一年ほど住んでいた。その時ほんの三、四カ月だったけれど、谷崎潤一郎氏と一つ屋根の下に住む光栄に浴したのである。湯河原の御新居を造築中の、仮住居に、氏は夫人や、お手伝いの幾人かをつれていられるようだった。前々から一階に御嬢さん一家が住まわれていられた関係だったらしい。私の部屋は六階だったけれど、谷崎さんのお部屋も六階で、しかも仕事部屋に使っていられる一室は、その前を通らなければ私はエレベーターまでたどりつけない道にあって、朝夕いやでもそのドアの前を何度か通るはめにおちいった。私は住むと同時に、谷崎さんがいらっしゃるということを知り、エライところへ引越してきたと思った。けれども考えてみれば一世の文豪と一つ屋根の下に暮すなんてことはおよそ文学に志す者にとっては稀有の恵まれたチャンスであり、出来ることならば油虫に化身してでも文豪の生活をつぶさにうかがい、自分の発奮の資にしたいと思うべきであった。私は時々、食事の途中とか、バスをつかっている間などに、ふいにこの同じ屋根の下に今、文豪大谷崎が、同じように、風呂に入っていたりお茶をすすっているかもしれないなどと思うと、武者震いに似た震えがわいてくるようであり、突然深刻で慎しい表情になってひっそりとおしんこを噛んだり、行水のようにシャワーをあびたりするのであった。まして、その仕事部屋といわれているドアの前を通る時は自然に足音がひそまり、誰かと喋り乍《なが》ら歩いていてもぴたっと口をつぐんでしまう。一日のうち何時も、そこへ谷崎さんが入っていられるかわからないけれど、私はいつもその冷たい金属のドアから無言の圧迫をうけていた。私をしばしば訪ねてくる河野多恵子さんは、谷崎文学の心酔者なのでその部屋の前ではついに興奮にかられ、ドアに接吻してしまった。「あやかりますように」その時彼女のとなえた呪文を私は聞きのがしていない。ところがすぐそのあとで、私たちは一つ部屋をまちがえていたことに気づいた。彼女の口惜しがった形相は今も忘れない。アパートではよく牛乳のびんや、てんやものの皿をドアの外に出しておく。彼女は谷崎さんの仕事部屋の外に猫のお皿でも出ていないかと窺い、それがあれば盗んで帰るといいはるのであった。昭和三十九年一月一日、私は前夜の大晦日に分量をまちがえた睡眠薬のおかげで、腰がぬけてしまった。午後目はさめたけれど、赤児のように這って歩かねば足がたたない。仕方なく恒例の丹羽文雄先生への年始の御挨拶にも出られなく、ひとりアパートにこもっていた。午後三時すぎになってようやく、私は、足腰がもとにかえったので、一階のロッカーまで年賀状をとりにいった。その時丁度玄関を入ってこられた舟橋聖一氏にばったり出くわしてしまった。私はあわてて最敬礼して部屋に逃げかえった。まだ頭ももうろうとしていたし、顔は土気色だったし、およそ正月むきの風体ではなかった。部屋に帰ってそわそわしている間に私はどういう心理状態からかいきなり、谷崎さんの部屋に電話をかけてしまったのである。今考えても、あれはまだ睡眠薬作用ののこっていた異常心理のせいとしか思えない。なぜならそれまで私は廊下で偶然谷崎さんにお逢いしても、懼《おそ》れのあまり、最敬礼するだけで、ろくに顔も見られなかったからである。第一、私は日頃舟橋さんも畏敬していて、気難しいとても怖い方だという噂を鵜のみにしている。もちろん、ろくにことばをかけていただいたこともない。その舟橋さんをこともあろうに交換で呼びだしてもらい、

「先生、すみません。谷崎先生に御挨拶したいのですけど、便乗させていただけませんでしょうか」

と申しこんだ。とっさに舟橋さんのむっとした呆れはてたような口調が伝わり、

「先生に伺ってあげます」

とのこと。すぐ「よろしいそうです」といって下さった。あとのことはよく覚えていない。私は最上等の着物を着て、まだ睡気ののこった土気色の顔に白粉をなすりつけ、はじめて六階の、おすまいの方へお訪ねした。私の不躾けを両先生とも、もうとがめる風もなく、まあとっぴな侵入者といった風でにこやかに迎えて下さった。

上等のカーペットが目にたった外は、しっとりと落ちついた、むしろ質素な感じの飾りつけのお部屋だった。松子夫人がお留守とかで、お部屋はあくまでひっそりとしていた。支那繻子《しなじゅす》のようなグレーの布ではりつめた応接セットの長椅子に和服の谷崎さんは

ゆったりと腰をかけられ、にこにこしながら、舟橋さんの税務署の横暴についての話を聞いていらっしゃった。羨しいばかりの親愛感がそこには漂っていた。私は河野さんのまちがったドアの接吻と猫のお皿のことを申しあげた。ドアについては「当らずといえども遠からずだ」とお笑いになり、「猫はここでは飼えなくてねえ」とおっしゃった。二度、指のない毛糸の手袋を甲にはめたお手で、「手が悪くて」とおっしゃってお茶をついで下さった。私は早々にお二人のお邪魔をしてはと引きあげた。河野さんはあとで地団駄ふまんばかりにくやしがり、その時の洋菓子を私が彼女のためにいただいてきてくれなかったと責めるのである。

二名優の舞台を見たあとのような興奮が長く私を捕えていた。

（「文學界」昭和四十年十月号）

一つ屋根の下の文豪

　文学者の集りの会などで、私は時々、ふっと、そこにそうして出席している自分自身が信じられないような気分に襲われることがある。

　それは、たいてい、誰かの受賞式の華やかなパーティであったり、何かの出版記念会の席であったりする。私のすぐ前に、川端康成氏の薄い肩と白髪が見え、私のすぐ横から丹羽文雄氏の底力のあるゆっくりした口調の声が聞えてきたりする。そして私は木山捷平氏と向いあって、前から約束の庭の木をいただきに伺う話などしている。

「しかし、あんたのところは借家だもんな、借家の庭に植えてもつまらんな。でも、まあ、いつでも取りにおいで。あんたの、その青い指輪きれいだね。ちょっと見せてごらん、うんきれいだ。だんだん趣味がよくなってきたね。そうだ、これと庭樹を交換してあげようか」

　木山さんの飄々とした冗談に思わず、笑い声をあげ、まるで親類の優しいおじさんとお喋りしているようなのどかさでいる自分にぎょっとするのである。

　考えてみたら、二十歳の私、いや、三十歳の私も、こういう華やかな場所で、こんなに身近く文壇の大家たちと同席したり、親しく声をかけてもらったり、話しかけたりすることを想像したことがあっただろうか。三十になってようやく小説を書こうと思い定めた時も、とてもこういう偉い怖い大家とは口をきける時があろうなどとは想像もしなかった。作品で親しみ、作品で憧れていればいる程、その作家は、はるかな彼方に聳えてみえ、生涯、生身のその人の傍へよることなど考えもしないもののようであった。今、自分が、僅かばかりの仕事をし、小説家と呼ばれて、税務署にも登録され、当り前なような顔をしたり、その気になっていたりするのが、突然、不思議で不気味なことに思われてくるのである。それは不安と恐怖さえ伴って来て、自分がとんでもない道に迷いこんでいるのではないかとおびえてくる。もし、私が文学に憧れているだけで、今の年になっていたら、私はせいぜい夜、寝床の中でこれらの大作家の作品を読み、講演会などに、無理をして時間をつくり、こっそり聞きにいって、胸をわくわくさせて帰ってきているだけだったろう。その方がどれほど平安でつつましい幸福でみたされたことだろう。人間の運命とは全く予測し難いものだし、人と人との出逢いというもの、縁のつながりというものも、実に不思議なものだと思う。

私が谷崎潤一郎氏と一つ屋根の下に数カ月一緒に住むようになろうなどとは、私の夢想の中にはおよそ片鱗もあらわれたことのない事件だった。

昭和三十八年の暮、年の瀬もおしせまって、私は関口台町の目白台アパートに引越し、丁度まる一年棲んだ。その時、同じアパートに、有馬頼義氏と谷崎潤一郎氏がすでに棲んでいられたのである。有馬氏は、御宅の書斎が建つまでの仕事場にしておられたらしく、私が引越して三日めにはもう、アパートを引き払われた。谷崎氏はお嬢さん御一家が前々からそのアパートの一階に棲まわれていた関係から、御新居の建つまでの間、奥さまと女中さんづれで仮住居していらっしゃった模様であった。

谷崎家の女中さんは、どうやらアパートでも二人か三人いるらしく、わが家のお手伝いの少女はエレベーターの乗り降りや、屋上物干しで顔見知りになったらしい。無口な彼女の表現によっても、お化粧の華やかなまるでお嬢さんのような女中さんだということであった。私は同じ屋根の下に、しかも同じ六階に、大谷崎と眠っているのかと思うと、ふいに夜なかに目の覚めた時など、何ともいえない武者震いのような感動と、興奮が湧いて来たものであった。とんだところへ越して来たものだという気持と、またとはない絶好のチャンスだという気持が、その興奮の中にはいりまじっていた。何のチャンスかというと、我乍《なが》ら、はっきりしないのであるが、文豪の生活を身近に観察することが出来るという好奇心を満足させるチャンスというほかなかったようだ。そのくせ、私は、なるべくなら、ばったり、大谷崎に逢うのは怖しく、エレベーターに乗るためには、どうしてもその前を通らなければならない谷崎氏の仕事部屋の前は、足音もついひそめがちに、こっそりと足早に通りすぎるし、エレベーターを降りる時には、玄関にもしや、谷崎氏が立っていられはしないかと、首から先にのぞかせて、窺うくせがついてしまった。もうすでにお軀が悪く、このアパートからは、病院通いが楽だからいらっしゃるのだというような噂も、うちのお手伝いが聞き及んで来たし、毎朝、十時には中央公論社から車がお迎えに来て、谷崎氏夫妻をアパートの真下の江戸川公園へ運び、お二人は三十分ばかり公園を散歩され、また自動車で送られて帰ってくるというような話も仕入れて来た。この手伝いの少女は、田舎の中学を出て間もなく私の所に来たまま、四年ばかり私と暮すうちに、門前の小僧式で、私の尊敬する作家の名前くらい覚えこんでしまったのである。私がアパートに来て以来、大谷崎の存在に緊張し、興奮し、同時にある種の恐怖に捉えられていることも自然、彼女に反映するらしく、谷崎氏の仕事部屋の前は足早に足音をしのんで駈けさるという習慣まで私通りになっていた。いわれてみれば、なるほど毎朝十時に黒い大型外車がアパートの玄関に横付けになり、運転手がうやうやしくあけるドアに谷崎御夫妻が乗りこまれるのを見ることが出来た。私の部屋の前の廊下の窓から、玄関は一望の下に見下ろされるのである。公園はアパートの玄関から庭つづきのようなもので、相当長い石段で崖を下りていかねばならなかったが、私の足では二、三分でゆかれる。ぐるっと大廻りして江戸川橋の入口へ自動車で廻られるらしいが、どんなにゆっくり走っても、車ならやはり、一、二分でそこに着いてしまう距離である。なるほど、文豪ともなれば、ちがうものだと感心したり、あの石段がもう上り下りお出来にならないほど弱っていらっしゃるのかと、胸をつまらせたりしながら、私は、散歩に出かけられる御夫妻を、こっそり窓から見送っていた。もちろん、十時前には、つとめて玄関へあらわれないようにしておいた。ところがある日のこと、私が例によって足早に氏の仕事部屋の前を通りすぎると、いきなり廊下の彼方に、谷崎氏が姿をあらわしたのである。氏のお住いにしていられる部屋は、その廊下の果にあるエレベーターの乗り口から、まだ奥へ通じる廊下の方にあるので、その通路は氏の当然通われる道筋である。私は一本道のような廊下をすでに中程まで進んでいるので、今更、引きかえすのも具合が悪く、仕方なしに、前進していった。他に人影はない。紺の紬らしい着物に羽織を重ねられ、首に茶色っぽい衿巻を巻かれた小柄な谷崎氏が、坐りのいい達磨が歩いてくるような感じで、のっしのっしと次第に近づいて来る。互いの顔がはっきり見える位置になると、谷崎氏は、私の顔に大きな目をじっと据えられ、真直ぐみつめて外されようとしない。射すくめられた形で、こちらも今更、目を外すのもわざとらしく、顔をあげたまま近づくしかない。二米ほど手前で、私は立ち止り、廊下の端に身をよせ、最敬礼をしてしまった。実はそこまで歩くのがようやっとで、もう、とてもその目に射すくめられるのが堪えられなくなったのである。谷崎氏は私が頭をあげるまで、立ちどまっておられ、不思議そうな目の色をして、首だけでゆっくり礼をかえして下さった。私は、すれちがうと、振りかえって文豪の後姿を見たい好奇心を無理に抑えこんで、エレベーターまで小走りになっていた。

それがきっかけのようになって、私は、外から帰ってくるといきなり、玄関の広間に立っていられる谷崎御夫妻に逢ってしまったり、エレベーターをおりると、すぐそこに御二人が立っていられたりというような目に逢うことが重なってきた。一度などは、中

央公論社からの電話だというので何気なく受話器をとったら、
「嶋中です。先生いらっしゃいましょうか」
という。その二、三日前、原稿の事で、しきりに婦人公論の編集から電話がかかって来たので、交換嬢があわてて、私にまちがえたのだとすぐわかった。まちがいです、という私の声に、あ、瀬戸内さんかという嶋中社長のおかしそうな声が重なり、ふたりで受話器の中で笑ってしまった。大文豪と一瞬にせよまちがえられるなど、これも一つ屋根の下に住むという不思議な縁に因るものなりと、私は大いに愉快がりながら、いやいや、身の程知らずな生活をするものではないという戒めかもしれぬとぞぞろ怖しくなったものであった。私はそのアパートへは、ある事情のもとに、半ばやけになって飛びこんだのであって、実に身分不相応な莫大な部屋代を払っていたのであった。

昭和三十九年の元旦の午後、三時頃、目白台アパートの谷崎氏の許へ年賀に見えられた舟橋聖一氏に無理強いに便乗して、はじめて、谷崎氏のお部屋（住いにされている方）を訪れたことは、既に文學界に書いたことがあるので、はぶく。私が谷崎氏のお部屋を訪問したことは、後にも先にもこの時ただの一回であった。

その後は、玄関で度々夫人連れの氏にばったり逢うことがあっても、もう私も怖れてばかりはいなかったし、氏も遊びにいらっしゃいと声をかけてくれるようになっていた。それでも、用もないのに、氏の静謐を乱すことは遠慮されて、私は、遂に氏が、アパートを引払い、湯河原の新居へ移られるまで、遂に再びお部屋を訪ねるようなことはなかった。

美しい谷崎夫人とは、いつか親しくなり、時々お話する機会を持つようになった。

柔らかい縮緬類の着物を、撫で肩のそれでいてどこかたっぷり豊かな感じのする軀に、まといつかせるように着こなしていらっしゃる夫人は、羽織の肩が今にも細い肩をすべり落ちそうで、危うく肩に止っているという、美しくなまめいた着方の出来る方であった。女の羽織姿を、清方の絵などはまことになまめかしく、しかも上品に描いてあるけれど、かつて私はあの絵のような感じの、羽織姿というものはほとんどみたことがない。帯つき姿の着物は美しく着こなしている人でも、羽織をつけると、野暮ったくなったり、いかめしくなったりして、美しさを損っているように思う。武原はん女が、銀鼠色の江戸小紋の着物に黒の一つ紋の縮緬の羽織を、まるで明治の女のような丈の長さで着ているのを、いつか歌舞伎座の廊下で見かけたことがあったが、そのしっとりとした粋な姿は、華やいだあたりの空気を引きしめるほど美しかった。羽織姿の美しさというものをその時はじめて見せられた想いがした。谷崎夫人の普段着の、中間色の小紋縮緬の羽織姿は、はん女の黒い長い羽織に匹敵して、もっと目だたない軀にとけこんでしまったたおやかなものであった。

夫人は退屈しのぎに、私の部屋へも何度か見えられたことがあったが、その度、美味しい差入れをして下さる。

「谷崎が、瀬戸内さんにもというものですから」

とおっしゃるお昼のお弁当は、すべて、銀座界隈の名の通った店のもので、私はひたすら恐縮してしまうのだ。正月訪問の時の話題に、食物の話が出て、

「このアパートもいいけれど、食堂の物が不美味《まず》いのには困るね。それにこのあたりは、美味いものがなくってね」

と、やや甲高い、甘い声でおっしゃったのを思いだすのだった。私はその時まで、アパートの地下のグリルの食事を、結構安くて美味しいと、便利にして食べていたから、うかつな口を利かなくてよかったと冷汗をかいたものだ。

正月の時は、たまたま夫人が外出中で、女中さんが、洋菓子と干菓子をだしてくれたが、私は、谷崎氏の、指の出るようになった手の甲と手首だけを掩《おお》う毛糸の手袋でいたわられた右手で、直き直きについで下さった紅茶に気をとられて、お菓子には一口も口をつけるゆとりがなかった。後で狂熱的谷崎ファンの河野多恵子に、なぜ、その時のお菓子を頂戴して帰って、わけてくれなかったとたいそう恨まれたので、差入れのお弁当の時は、いつも彼女に電話するのに、不思議に、その時にかぎって、彼女は留守なのであった。縁というものは不思議なもので、谷崎氏のドアをなめて通るほどのファンでありながら、週に何度か私を訪れながら彼女は、遂に、谷崎氏にちらとも出逢わずにしまった。

夫人は進行中の新居の普請のことが当時最も気がかりの御様子だった。

「何しろ、和風と洋風と中国風が入っていなければならないので、大変なんですよ」
ということだった。一度、すっかり出来て来た設計図が谷崎氏の気に入らなくて、すっかりまたやり直したりしたことで、普請の進行が一向にはかばかしくないと夫人は気をもんでいられた。その時の話で、谷崎氏が、春慶塗りの別誂えの机を愛用されていることも伺った。あの傷つき易い春慶塗りの机を日常の仕事机にされる氏の神経の細さに、今更乍ら愕かされた。

夫人と私の話題は、どうしても共通の知人の話になっていく。谷崎氏がさる週刊誌に連載をはじめられ、三、四回でモデルから苦情がつき、中断された小説があった。

その小説のモデルと、私は、小説が中断された後、ふとしたことから識りあいになり、ずいぶん親しくしているので、その小説中断事件について、夫人から真相を伺うことが出来た。

モデルになったY女史は、さすが谷崎氏に創作意欲をおこさせただけの人物であって、まことに破格、破天荒のところのある女人である。よくいえば天衣無縫、天真爛漫、堕天女の俤《おもかげ》がある。そういう人物がこの時世では異端視され、非常識がられ、迷惑がられ、好奇の目で見られるのは当然で、Y女史の周囲はいつでも、誤解と憶測と醜聞くさい匂いでとりかこまれていた。

天平の美女型の豊満な一種の美人で、五十歳を超えているのに、心も声も十四、五歳のような純真さがある。いつか私はY女史と車に乗って嵯峨野を走っていたが、突然彼女は車を止めさせると、道端により、くるりと着物の裾をまくって、まるい真白な、輝くお尻をみせ、おしっこをはじめたものである。五十女のそんな図は想像するだけでも汚らしいものだけれど、天日のもとに輝くY女史のお尻も、その姿も、まことに可愛らしく、あっけにとられながら、私はルイ王朝の貴婦人のその図も想い浮べながら、不思議な感動に打たれたものである。彼女の育った環境の豊かさと天性の鷹揚さが、そんな姿勢の彼女を、みじんも卑しくも醜くもみせなかったのだろうか。

そういう彼女は化粧も衣裳もすべて年齢を無視した派手さで、彼女とつれだって歩くには勇気を必要とする。ただし、深くつきあう程、Y女史の純真さは相手の心を摑み、不思議ないじらしさを覚えさせ、その魅力にひきずりこんでいく。私は始終へきえきさせられながら、彼女のこの世ならぬ純真さに時々激しく心を洗われてきた。

谷崎氏のその小説が発表されるとまもなく、Y女史の方から、中断してほしいという申し入れがあり、次第にその態度が強硬になって、当時の彼女の取りまきだった人々が、谷崎家に押しよせ、危く刃物三昧に及びかけ、たまたま来合せていた今東光氏が例の大喝と日本刀で追っぱらったという事件があった。

谷崎夫人にお目にかかる前から、私はこの件をY女史から聞き及んでいた。Y女史は童顔の唇をとがらせ、

「谷崎先生は、自分となにした女の人は、みんな天女のように美化してお書きになるのよ。あたしとはそこまでいかなかったもんだから、ひどいんだもの、実質以下にみっと

もなくお書きになるのよ。いつもいい着物着ているけれど、長襦袢は垢じみて汚れているなんて、ねえ、ずいぶんでしょ。ほら、汚れてなんかいないわよ、ねえ」

ぱっと、その場で裾をめくって、ピンクの下着を披露に及ぶ。ところがその下着は、まさに大谷崎の筆の描き現したものと全く同様なのであった。書き出しのところに、女史の過去の情事らしきものが出て来て、それが、女史の婚期をひかえた令嬢たちの将来にさしさわりがあるというのがY女史の中断を申し入れた理由であったらしい。ただし、Y女史は、はじめから、谷崎氏のモデルになることは承知していたのだし、女史の生活信条の中では、情事の如きは、物の数ではなかったのだから、私は、彼女と深くつきあった今も、それが理由になっているとは思わない。やはり、子供のように無邪気なナルシシズムが先ず傷つけられたところあたりに、一番最初の理由があったのだろう。その上、当時、女史のまわりにいた取りまき連中がよくなかったという悪条件が重ったように思われる。

谷崎夫人は、

「あの小説は主人も大へん気にいっていて、力をいれて書いていたんですよ。発表する時は、すでにもう八分通り仕上っていたんです。Yさんは、すっかり誤解していらっしゃるけれど、あの小説のテーマは、最後は母性愛の勝利を描くことにあったんですよ。私は読んでいますが、とてもいいものだったんですよ。完結していれば、主人の作品の中でもいいものに入ると主人も申して愉しみにしていたものなんですよ。ほんとにあんな残念なことはありません。私も、主人の生命にかかわるようなことがあっては仕方がないと思って、止めてもらったんです」

と、如何にも心残りのようにおっしゃるのだった。

Y女史は、ちょうど細雪のような美しい四人の令嬢を育てておられ、令嬢たちは母に似ず、まことに尋常で、美しい。この上なく気立のおだやかで聡明な方々である。Y女史の案ずるほどのことなくすでにそれぞれ上の二人の令嬢は良縁を得ていられる。

谷崎氏は細雪の中からぬけ出したような、この令嬢たちをたいそう愛していらっしゃったそうだから、氏のなくなられた後で得られた令嬢たちの良縁を生きて御らんになれば、どんなに喜ばれたことだろうか。

やがては谷崎全集の決定版が編まれる事だろうけれど、こんな未完の、作者の心残りな傑作があることを思うと、その作品が陽の目を見ないのはどうにも残念な気がしてならない。

(「風景」昭和四十一年五月・六月号)

コレットへの憧れ

コレットを初めて読んだのは何時だったか。私が小説を書くつもりになって、背水の陣を敷き、京都で自活をはじめた頃ではなかったかと思う。京都の古本屋のしるしのついた『青い麦』が今でも私の書棚にあるから。

『青い麦』と、『シェリ』のどちらを初めに読んだのか記憶にない。しかし、私は『シェリ』と、『シェリの最後』を読んで深い衝撃を受け、もう小説など書かなくていいのではないかと思った夜だけはっきり心に残っている。

小説を書くという作業は自己の精神的種族の保存拡大を需《もと》めているというのは、確か佐藤春夫の言であったと思うが、その意味でなら、私はまさしくコレットと同質の精神的種族なのではないかと思って戦慄したことをなまなましく覚えている。当時、私が漠然と考えていて、捕えられないでいた自分の書きたい小説の幻とは、『シェリ』のようなものであったのだ。

それ以来、私は、コレットを翻訳の出る度むさぼり読んだ。原文で読みたいため、フランス語のレッスンを受けにいったりした。これは当時の貧乏と、栄養失調の体調のため、居眠りばかりしてつづかなかったから今もって原文でコレットを読むことが出来ない。私は川口さんの訳で読んでいた。

川口さんがなくなったと聞いた時は、もう東京に出ていたが、まるで十年の知己を失ったようにがっかりした。一度もお目にかからなかった人である。

私はコレットの最高傑作はやはり、『シェリ』と『シェリの最後』だろうと思う。『青い麦』もいいし、『牝猫』もいいが、やはり、コレットは、『シェリ』のコレットとして後世に残る作家だと思う。

この夏パリへ行き、コレットのなくなったパレロワイヤルの部屋を見上げ、晩年のコレットを偲んだ。コレットの葬式にコレットを敬愛していた町の人たちがたくさん集ってきて、パレロワイヤルの庭を埋めつくしたという話は、私に林芙美子の葬式の話を思い出させた。芙美子もまた、買物籠をさげた近所のおかみさんや子供たちが、絶えることのないほどの列をつくって焼香に参列したと伝えられている。放浪癖があり、詩心があり、庶民の生活意識を身を以って感得している点では、ふたりの作家に共通点があるが、やはり、コレットの方がスケールが大きい大作家だと思う。

今度、加藤民男氏と高木進氏の『シェリ』と『シェリの最後』を読んでみて、やはり、最初読んだ時のような強い感銘を受けたのに、私は改めて愕かされた。

はじめてコレットを読み、感動した頃からは、もう二十年近くも歳月が流れているし、私自身の小説に対する考え方も変っているし、私は今ではコレットに似た自分の資質を破壊し乗り超えたいことしか考えていないので、むしろ、コレットは旧くさい、かびくさい感じしかしないのではないかと思い、内心、たかをくって読みはじめたのだけれども、何頁もゆかないうちに、またしても夢中になってしまった。

小説を読む醍醐味とは、何の説明もいらない。こういう感動を与えてくれ、こういう美味しさを味わわせてくれるものだと改めて思ったことである。たべた後で、もう一度口中に甘い唾がじわりと滲んでくるような美味しさ。そんな味わいを持つ小説が、小説の本来の姿かもしれない。

サガンの『ブラームスはお好き』の最後に近いところで、女が若い男をアパートの窓から見送り、私はもう若くはないのよとつぶやくところがあるが、あの場面で私は『シェリの最後』を思い出した。今度『シェリ』を読み直してみて、やはり私はサガンのあの場面を思い出した。サガンの中にコレットは強い影響を残しているといっていい。

私はコレットの小説も好きだが、コレットの年譜をくりかえし読むのが好きである。何という、いきいきした老いを知らぬ生命力がそこに息づいていることか。『シェリ』が書かれたのが、今の私くらいの年頃だということが、私にはまた強い励ましになってくる。

作家の中には若くして花咲ききってしまう人と、老いても尚瑞々しい人がいる。しかし大ていの人は年と共に精神も才能も硬化現象を見せる。しかしコレットは八十歳で死ぬまで瑞々しい心の弾力と才能の艶を失わなかった。その点だけでも私はこの異国の大作家にあやかりたいと切に憧れている。

(『コレット著作集』昭和四十五年十一月刊)

デュラスの魅力

いつからデュラスに魅せられたのだったかもう思いだせない。『モデラート・カンタービレ』から読んだことだけは確かだ。ピアノのレッスンをしている部屋に聞えてくる人間の悲鳴が読後も耳に鳴ってならなかった。それ以来、デュラスの小説や戯曲をあさり読んで、少なくとも翻訳されているかぎりのデュラスのものは読んできた。筋のない小説にしか魅力を感じなくなりはじめたのと、デュラスとの出逢いが、私にとってはほとんど同時だったのが幸いだったように思う。

筋のある小説が、読んでいて空虚になってやりきれなくなった。小説の物語性ということに疑問を持ってきたというより、感覚的に、あるいは生理的に、物語性のある小説を受けつけなくなってきた。そんな時、デュラスを読むと、渇きが即座にいやされた。デュラスを読んでいる時、普通の筋のある小説を読む時よりもはるかに時間がかかる。気がつくと、私は書物の上から目をはなして窓の外の空を眺めている。しかしその間、私はデュラスの小説から離れているのではなく、空を見ながらデュラスを読んでいたことに気づくのだ。

極度に説明の少ない、描写の少ないデュラスの小説の余白に、私はその間、自分の想像力のありったけを駆使して、文章を埋めているのだ。自分で小説を書く時のように渾身の力をだして、デュラスの描き残している行間の空白を埋めているのだ。

デュラスの小説の技法はフーガにたとえられるが、私のデュラスの読み方自体もフーガのように、繰りかえし、もとに戻ったり、進んだり、また戻ったりして、読み進められている。

デュラスの魅力は、読者の想像力によって小説の中にのめりこませてしまう点だ。想像力のない読者が、デュラスの小説ほど退屈なものはないという点もそこだろう。

小説の形式がかくあらねばならないなどという約束は何もないのだ。デュラスのように、書きたい方法で形式にこだわらず、しかもいつのまにか、デュラス独特の方法を創造してしまったことが、私には羨ましくてならない。

内面観察というデュラスの文学の特徴が、今、私自身が直面している文学上の必然的な方法につながっているばかりでなく、デュラスの小説、或いは戯曲から滲みだす虚無の匂いが私を捕えて離さない。

デュラスはおよそ、官能描写などしない。それでいて、デュラスの作品からは、ぬきさしならない官能の匂いがたちのぼってくる。時には胸苦しいまでに。

デュラスの小説の中にあらわれる女も男も、誰ひとり幸福そうな表情をしていない。人生は砂漠のようにむなしく味気ない旅だと思い知っているというふうに、気だるそうに話し、仕方なさそうに動く。泳いだり、走ったりしていてもデュラスの描く人物はすべてものうそうな陰翳にとざされている。それでいて、つかの間の愛のふれあいにはあきらめていない。出逢いの後の別れを見通しているからこそ、つかのまの出逢いの一瞬を輝かせようとする。

最も新しく読んだ『破壊しに、と彼女は言う』は、小説というより戯曲の台本かシネ・ロマンのようだったが、それだけに、デュラス式会話の間に時たまはさまれる卜書きのような短い文章の背後に、無限の想像の世界を描く楽しさがあって、面白かった。登場人物が喋れば喋るほど濃密になっていく「無」と「空」のただよいが私を深く酔わせてくれた。

（M・デュラス『破壊しに、と彼女は言う』昭和四十五年二月刊）

テレーズ・デケイルウ

芸術家は、自分の現状——それが生活であれ、制作態度の問題であれ、作品自体であれ——に安定し、固定したとたんに堕落が始まると私は考えている。その信念があまりに強いため、私は無意識の中に、いつでも自分の生活を安定ムードからひきずりだすことに性急になって、需めて現状の生活を破壊し、環境を急変させようとしたがる。

その現われとして、私はまことに頻繁に引越しを強行し、非常に屢々《しばしば》、緊密な人間関係を断ち切ってしまうようである。家を移ったり、男と別れたりすることは、何度繰りかえしても決して馴れて手際よくなるというものではなく、その度、心底こりごりして、これだけのエネルギーを費すなら、そのことを何かの創造に廻した方がはるかに生産的であり、前向きの姿勢だと後悔する。もうこんな馬鹿馬鹿しい精力の労費は二度は繰りかえすまいと自分をたしなめる。

けれどもまた、しばらくして、新しい環境に落ちつき、取りかえた建具に手垢がつき埃がしみ、何となくすべての家具が所を得て、もうずっと、そこにそうして何年も存在しつづけていたように家に馴染んでしまう頃には、かえって家の中のどこにいっても落ちつきがなくなり、居たたまれない焦燥に背を焼かれはじめている。人間関係もその通りである。相手を理解し得たとこちらが思っている程度は、相手に自分を理解してほしいと切望し、裏切りの可能性を相手にも自分にも出来るだけ最小限にしたいとやきもきしている時はいいけれども、ある程度心が通いあい、少くとも当面の信頼は得られ、愛に危機感が稀薄になると、またしても恋のはじめの焦燥とは全く別な、もっと切実で辛い渇きが心を乾し、息苦しくなってしまうのである。何のかのといったところで、要するに飽きっぽい性情なのだと極《き》めつけられてしまえばそれまでであるが、私には現実の食べたり、着たり、眠ったりしている生活そのものは、年と共にどうでもいいような気がしてきて、そのことに対する熱意が日と共に薄れていく。

　一人住むには広すぎて始末に悪いほどの家を持ってみたり、一度に三枚も四枚も狐にでも憑かれたように着物を買ってみたり、美味しいと聞けば汽車や飛行機にでも乗って食べに出かけてしまったり、まるで、衣食住に対して人並以上の情熱を持っているように見える時もあるけれども、実際は、衣食住には何の未練もなく、明日、家が焼け、着物も何もすっかり焼いてしまっても、さほど惜しいとは思わないだろうし、食べる物はパン一切れに水だけでも、三日や四日は平気ですませる自信がある。現実の生活——手にふれ、目で見、肌で感じるもののすべてが、私には日々価値少くどうでもいいものに思われてくる。その分だけ、私には観念の世界の方が重く切実に自分の生きている証しとして重さを増してくるようである。

自分の仕事の今日を乗り越えることがあまりに難しいために、私はいらいらし、そのいらいらを解決して少しでもさっぱりしたいために、自分の現実の生活をまず無理にも破壊してしまって、そのことに疲れ、傷つき、困ぱいしてしまうと、何だか、大長篇か大労作でも書きあげたような一種の倒錯した肉体的快楽を感じている。要するに、自分の作品との格闘との結果が理想の何万分の一にも達しないため、私にとってはどうでもいい現実の生活を人身御供にして、少しでも芸術の女神におべっかをつかって自分をごまかしているようなものである。

京都に家があり、そこにおとなしくしていれば、快適な書斎もあり、若い元気な二人のお手伝いが何不自由なく身のまわりの用をたしてくれ、好きな物をつくって食べさせてくれるというのに、私はわざわざ東京のせまい仕事場に月の大半以上も自分を自らとじこめてしまい、壁に囲まれたその部屋を一種の牢獄と見なして、ほとんど部屋を出ようともせず、下手な自炊や、不美味《まず》いてんやもので栄養失調になりそうな食事をし、やがては必ず盲目になるだろうという予感に半ば脅え、半ば甘えながら、いっそう弱い目を夜昼なく酷使し、不摂生極まる生活をしている。もうこりごりした筈の人間関係をまたしても、これまでのどの時よりもまだいっそう最悪の条件のもとに始めている。全く飽きも凝りもせずに。私はそういう自分のだらしなさにほとんど絶望的になっていて、これまでと違うのはもう未来に虹を描いてはいず、破局の予兆をしっかりと感じとっている自分がいるということだけで、それは慰めにもならない。

四十歳をとうに過ぎた人間の性格や、性癖が今更改まるものとは考えられない。おそらく私は死ぬまで似たような愚かなことを繰りかえしていることだろう。

私が小説を書くのは、こういう自分という人間の仕様のなさを自分にむかって告発することであり、現実のどうしようもない自分の状況から、少しでも解放されたいために外ならない。それはいいかえれば私にとっては、生きていく上に、空気やパンや水よりも絶対に必要な、幸も不幸もそれひとつにかかっている「愛」という不思議な「観念」について、もっと識りたいために外ならない。

極楽トンボで単細胞の私は、本来なら小説を書くには最もふさわしくない性格の持主である筈なのに、一面、戦後の二十年が、私に抜きがたい虚無感を植えつけてしまったため、その矛盾相剋のさけめが、私に小説を書きつづけさせていきそうになってきた。最近、私は小説家としての自分について考える時、思想的にも技術的にもコンプレックスに襲われて、居ても立ってもいられないような焦燥にかられている。この焦燥感は、これまでのように、引越したり、男と別れたりする現実生活を犠牲に捧げるくらいのごまかしでは払拭されそうにない。何を標準にしてのコンプレックスかといえば、広い意味での世界の新しい文学の動きに対してであるとしかいい様がない。とはいっても、日本の作家の作品をぬきにしたことで、日本人の書いたものは、どんなに傑作とか、問題作とかいわれても、ああ、そうですかと、うなずけるところがあって、そんなに怖いとも夜も眠れぬほどの衝撃をうけるということはない。私の外国文学の智識というものは、すべて翻訳文学による智識なのだから、果して、マルグリット・デュラスのものなど、解ったつもりでいても、どこまで解っているのか怪しいものだけれど、それでもデュラスがはじめからああいう小説を書いていたのではなくて、伝統的な小説を書いてきて、ある時から、いきなり、ああいう方法を選びとったということに深いショックを撃《う》けてしまうのである。私にとってデュラスの作品が魅力なのは、その書かれた内容とか、書きあらわそうとしていることや、作品の完成度などではなく、デュラスが一作毎に、あくことのない新しい試みを方法の上で繰りかえし、決して、一所に固定してしまおうとしない貪欲さである。それでいて、デュラスは終始一貫して、その主題には愛の孤独しか描いていない。

デュラスの作品を読んだ後には、私はいつでも涯《はて》しない沙漠の夜にひとりで投げだされたような荒涼としたものを感じさせられる。愛することの苦悩と、理解し、またされることの決してない人間の根源的な孤独が真暗な月も星もない夜の沙漠にはみちみちていて、圧しつぶされそうになる。

「辻公園」や「モデラート・カンタービレ」や「夏の夜の十時半」「アンデスマ氏の午後」はもちろんのこと「工事現場」のような、ようやく逃げられそうな密会の寸前まで描いた短篇でさえも、そこで結ばれる愛が決してふたりの男女の孤独を忘れさせるものとしては思い描けず、いっそう互いの孤独を認識し直すようすがにしかならない予感を抱かせるのである。人の場合は知らない。私はデュラスの作品を読むと、ここまで愛の孤独について、手を変え品を変え、あらゆる角度から迫ろうとしているデュラスの情熱にうたれ、自分の書きたいことを書かれてしまったという立ちおくれ感よりも、私の秘かに抱いている主題は、これほど情熱的に執拗に何度でも書き直される価値あるものだったのかという慰めを得られるのである。尚また、愛の虚しさを人間の孤独をここまで描かれると、絶望を通りすごして、人間のはかない愛とはちがうもっとちがった巨きな、又は聖なる愛がどこかにあるのではないかという光りを需めたくて、ある期待がほのかに生れはじめるのを感じるのである。

それは私に同じフランスの作家で、決してヌーヴォー・ロマンの小説を認めようとはしないフランソワ・モーリャックの諸作品を思い出させるのである。ヌーヴォー・ロマンの旗手のようにいわれているデュラスと反対派の巨匠モーリャックの中に、私は同じ精神種族を見出さずにはいられない。

モーリャックの「テレーズ・デケイルウ」は、ベンジャミン・コンスタンの「アドルフ」と共に、最も私が回数多く読みかえしている小説である。

物を書く時、どうしても書出しの一行が決らない時とか、書きたい事が、もう咽喉まであふれでていて、軀じゅうに、それが充ち充ち、息苦しいほどなのに、あんまり、あふれすぎ、咽喉をふさいでしまって出口をなくして苦しがっているような時、私は殆ど無意識に「テレーズ・デケイルウ」に手をのばしてしまう。

私の持っているのは目黒書店から出た杉捷夫氏訳のモーリャック小説集の一冊である。

あんまりよく読んだため、表紙の背がぼろぼろになって半分以上落ちてしまっている。他のモーリャックの小説も読んだのに、私が最も捕えられたのは、「テレーズ・デケイルウ」だった。テレーズの続篇を書いた「夜の終り」は、「テレーズ・デケイルウ」よりもはるかに長い作品なのに、私はテレーズほど好きではない。この作品を読む時、前書きの形をとっている最初の頁の、ボードレールの詩から必ず読みはじめる。「……私の他のすべての小説の主人公にさらに輪をかけた、いまわしい人間を、私が考え出すことができたのに、驚く人が多いであろう。美しい徳がそっちょくなからだの外にあふれている人々、そして手の上に心を持っている人々、について、私はついに何ごとも語り得ないであろうか？「手の上の心」は物語を持たない。が泥の肉体の中にうまり、まじり合っている心の物語を、私は知っている。……」

こんなモーリャックのことばに私はいつ読んでも、やはり最初それを読んだように心を摑まれ、

「……せめて、作者がお前を残して行くこの歩道の上で、お前が孤独ではないという希望を、作者は抱いている」

というところまでくると、

「主よ、憐憫を垂れ給へ、願はくば心狂へる男女の群れに、憐憫を垂れさせ給へ！　お造物主よ！　何故にそれらが存在し、如何にしてそれらが作られしかを、及び如何にしてそれらが作られずしもありえしかを知り給へる、唯一人なる者の御眼にまでは、そ

も怪物とは存在しうるものでせうか……」

というボードレールの詩にかえり、それからようやく、

「弁護士がドアをあけた。テレーズ・デケイルウは、ふかぶかと、胸の奥に吸いこんだ。……」裁判所の裏口に通じているこの廊下の中で、頭の上に霧を感じ、ふかぶかと、胸の奥に吸いこんだ。……」

に始まる本文に読み進むのである。この読み方はいつのまにか、私のテレーズを読むひとつの儀式のようになってしまって、ある時は、ぱっと開いた所から――もうどの頁のどの行からでも私はこの小説のすべての場面やテレーズの心のすべての陰影を思い出せるようになっているのだが――読み始めても、結局はまた、最初の頁に立ちかえり、ボードレールの詩から始まり、

「テレーズよ、多くの人々はお前が存在しないと言うであろう。しかし、私は知っている、お前が存在していることを。……」

という作者の呼びかけのことばから、物語の中へ入って行く、いつもの順序に従っている。

テレーズに私が最初にめぐりあったのは、私が夫と娘の家を出て、その原因になった愚かな恋にも早くも幻滅し、私は死ぬべきだろうかと思い迷っていた時期であった。京都の下宿の、火もない冬の寝床の中で、がちがちふるえてくるのを忘れたいため、古本屋でみつけてきた、一冊の薄い本に読みふけろうとしたのだった。古本屋で需めたとはいってもそれは出たばかりの新刊本だった。私は最初の詩の一行からある予感にうたれ、

あとは一気に読み通し、いつのまにか、寒さもひもじさもすっかり忘れて、文字通り息をつくひまもないほど、小説の中に没入してしまっていた。

私はまだその時は、一度も夫を殺そうとは思ったこともなかったし、夫の死をさえ夢にも描いたことはなかった。自分自身の死はもう何度も願ったし、自殺もすでにくわだてた経験は持ってはいたけれど。それでも私はテレーズの心の動き、行動のすべてが、いつのまにか、他人のものと思えない自分を感じて、慄然としていた。

〈何を夫に言おうというのか？　どういう告白から始めるか？　慾望と決意と予見不可能の行為との混沌とした奔流をせきとめるのに、言葉だけでたりるだろうか？　みんな、どんなふうにするのだろうか、己の罪を知っているすべての人たちは？……「私は、自分の罪を知ってはいない。ひとが私に着せている罪を、自分は犯すつもりはなかった。自分が何をするつもりだったのか、自分にはわからない。自分の身うちに、それからまた自分の外に、あのがむしゃらな力が、何をめざして働いていたのか、一度も自分にはわからなかった。その力が進んでゆく途中で、破壊したもの、それには、自分自身うちひしがれ、びっくりしたではないか……」〉

〈世界で一番きちょうめんな男、このベルナールという男は、すべての感情を分類し、切りはなす。感情と感情の間のあの通路の、隘路の網を知らない。テレーズがその中で生き、その中で苦しんだあの名づけ難い地帯へ、この男をいかにしてみちびきいれるか？〉

〈テレーズは、生涯のいかなる時期においても、反省したことがなかった。あらかじめ熟考したことがなかった。突然の方向転換はなかった。知らず知らずに、坂をくだったのだった。初めはゆっくりと、それからいくらか速力を増して。〉

〈この土地では、すべての乗用車が「道幅に合わせて」ある、つまり、車の幅が荷馬車のわだちにきっちり合うように作られているが、それと同じように、すべての私の思想は、今日の日まで、父や舅姑の「道端に合わ」されていたのである。〉

〈「この娘は私を軽蔑している。私がまずマリのことを話さなかったからという理由で。どういうふうに説明したらわかってくれるだろう？　私は自分自身で一杯なのだといっても、自分で自分の心を全部占めているのだといってもわかってくれないだろう」〉

こんな文章に出くわす度、私は一つの見知らぬ運命の女を描いた小説を読んでいるということを忘れ、寒さではなく、ふたたび歯が鳴りだすような気がした。

カフェ・ド・ラ・ペで、テレーズとベルナールがかわす会話まで読み進んだ時は、決してかみあわない二人の会話のもどかしさに、読んでいる私自身の方が、テレーズよりも、絶望的になって、テレーズが哀れで、こういうふうに理解しあうことが出来なくつくられても尚、そういう心の他人の中で生きつづけていかなければならない人間というものが哀れで、涙があふれてきた。

〈――私はあなたに「なぜあんなことをしたのか自分でもわかりません」と答えようとしていました。しかし、今では、どうやら、そのわけがわかりましたわ、ほんとに！

あなたの目の中に、不安の色を、好奇心を見たいためだったかもしれないわ——つまりあなたの心の動揺をね、ちょっと前から私があなたの目の中に発見しているものをね。——ねえ、ベルナール、あなたのような人間は、いつでも、自分の行為の理由を全部知っているものなのでしょ？

——私が何を望んでいたかですって？　私が何を望まなかったかを言う方がむろんやさしいでしょうよ。私は舞台の人物を演じていたくなかったのです。身ぶりをやり、きまった文句を口に出し、つまり、刻々に、一人のテレーズを……いいえベルナール、そうでしょう、私は真実であることだけしか求めていないのです。いったい、どうして、私があなたにむかって話すことが全部こんなにうそらしく響くのでしょう？〉

こんな誠実な心からの会話をしようとし、それがどれひとつ、相手の胸に届かず、とんちんかんな、思いもかけない受けとり方をされる哀れなテレーズ、この誠実そのものの生一本な真正直な心情を持つ女が、作者のすべての小説の主人公にさらに輪をかけた、いまわしい人間だろうか。

少くとも、その晩、私は、孤独ではなかった。テレーズを身近に感じ、自分の中にテレーズの声を聞き、自分の声にテレーズが答えかえしてくれるのを聞いた。

くぼんだ頰、とび出た頰骨、とがった唇、広いみごとな額、——永久の孤独という刑の宣告を受けた女の顔、その顔にまだ浮べることの出来る、否応なく一目で人を魅力のとりこにしてしまう笑いを見せ、テレーズは夢の中まで訪れてくれた。

私は夢の中で、テレーズと同じ手つきで、毒薬をコップにたらし、テレーズの罪の中に自分を全的に解放することが出来た。

テレーズの側に立って、物をいうなら、私にも小説が書けるような気がしてきた。その日から、私は、はっきりと、自分が何の道を選んで生きるかという方向が見定められたと思った。

その後、私は、たどたどしい歩き方で、自分の道を歩きつづけている。近道をみつける才覚がないどころか、むしろ、迷路にふみこんだり、遠廻りの道を歩いたりばかりして、まことに遅々とした、我乍らもどかしい歩きぶりしか出来ない。道に迷いこみ、どうしてももとの道に出られない時とか、何本もの道が自分の前にひろがっていて、どれを選んでいいか、わからない時に、私は見馴れた愛用の古地図を拡げる旅行者のような信じきった表情で、「テレーズ・デケイルウ」の頁をひらくようである。

もうひとつ、その古地図の上に置く、使い馴れた磁石をひとつ私は持っている。それはベンジャミン・コンスタンの「アドルフ」である。この単純な悲恋物語の持つ強さと新しさに、私は何度読んでもはじめて読んだ時以上の感銘を新しくするし、ティボーデのいうように「半世紀の間、フランスの心理小説は、この静かで控え目な物語を作りかえたり、書き足したり、変曲したり、近代化したりすることをやった」という批評にうなずかされるし、今や、それは半世紀の三倍と書き直しても、間ちがっていないような気が私にはする。

私は自分なりの方法でこの二つの古典の語る人間の孤独と、人間の愛のもろさについてもっと鍬をいれつづけてみたい。この主題の頂上にたどりつくには、まだ人の踏みかためていない道が、いくつ開かれても無駄ではないと思うからである。私に与えられたあの予期しない慰めに報いるために。

（「三田文学」昭和四十三年九月号）

森田たまさんのこと

森田たまさんのお嬢さまの麗子さんから電話で相当御病気がお悪いと伺ったその日、取りあえず、同じアパートの円地文子さんをお誘いして病院へかけつけた。

森田さんがまた慶応病院に入院していらっしゃるとは伺っていて、お見舞いに上らなければならないと思いながら、私は前々から約束の旅を伴う仕事がいくつも重なってい て、十月はほとんど旅ばかりしていたのであった。その日も、福島から帰ったばかりで あった。

森田さんはよく御病気なさるけれど、あの小さなお軀のどこにそんな力がかくされているのかと思うほど、ねばり強く、いつでも、しっかりと快復されたのであった。今度の御病気もたぶん、そうしたこれまでの御病気のようなものだろうと、内心安心していた。

それに、森田さんは本当に家庭的に御幸せな方で、一番気のあうらしい麗子さんが、ずっと、御一緒に住んでいられる上、麗子さんは、森田さんの娘というより、いつのまにか他所目にも母親かお姉さんのように見える感じで、痒いところに手のとどくようなお世話をしておあげになっていた。森田さんにはあのお嬢さまがついていらっしゃるからという安心感から、いつでも、どんな場合でも、私は一まず心を慰められていた。

電話口の麗子さんのお声が、いつもとはちがっていたので、私はそれなりの覚悟はきめていた。

「お医者様は、明日あたりが……」

といわれたのが心にかかった。

慶応病院の病室に入ると、森田さんは、全く面変りしてベッドに寝ていた。酸素吸入の器具が耳から顎にかけられているので痛々しい。小さな顔、小さな軀、まるで子供のようにちんまりとした森田さんがまたひとまわり小さく見えた。髪をひっつめにして、顔は少しはれているのか、皺ひとつなかった。もともと口許の小さな可愛らしい方だったが、薄い小さな唇に、血のかたまりか、薬のかたまりがこびりついている。

麗子さんが、

「瀬戸内さんですよ」

といってくれると、ぱっちり目をあけられた。ぜいぜい苦しそうに息をされながら、白目の多い目になって、宙を探すようにされる。私が顔をちかづけて声をかけると、わかったのか、しきりにうなずくように顎をひかれた。そのため吸入器が外れる。私が旅行つづきで今日、帰ったばかりだというと、そう、と、はっきり声をだされた。

「お苦しいですね」

というと、

「苦しいことはないけれど……」

とまたはっきりおっしゃった。子供が朗読でもするような声のだし方で、それはお元気な頃の森田さんとは全くちがっていた。

私はもう長くその森田さんを見ているにしのびなかった。森田さんの半分はすでにそこにいらっしゃらないように思われた。離魂ということばがあるが、森田さんの魂はすでにこの病んだ肉体を離れて、どこか、もっと広々した、公害なんかで空の曇ることのない、花の匂いだけが空気にみちみちているあたりにただよっているのではないかと思った。

それほど、その日の森田さんの顔も、目つきも私の存じあげている森田さんとはちがっていた。

まだ、二、三日は大丈夫らしいとその時、麗子さんがおっしゃったのに、森田さんはその晩なくなられた。

最後のお見舞いになったわけである。

その翌日、森田さんのお宅へ伺った。もう病院から帰っていた遺体は、花に埋もれて、生前の森田さんの顔をとりもどしていた。

ピンクの薔薇が小さなお顔のまわりにびっしりよりそっている。その花は昨日、円地さんと私がさしあげたものだと、麗子さんがいって下さった。まだ固くまいた蕾だったのが三分くらいに柔らいで、森田さんは薔薇の匂いにさも満足していらっしゃるように見えた。眠っているとしか見えない安らかな死顔だった。

「こんなに美しくなって……」

と麗子さんが横からつぶやかれた。御棺の前には森田さんが生前書かれてあったという遺書が額に入れてあった。

短いが美しい別れの挨拶だった。これから経験する未知の世界のことを皆様にお伝え出来ないのが残念ですという淡々としたおことばの中に、千万の想いがこめられているだろうと思うと、こらえていた涙があふれでてきた。美しい死の覚悟であった。

森田さんは生前、美しいもの、美味しいもの、美しい人、美しい音楽、美しい着物、すべて美しい、ゆたかなものを愛されていた。おいくつになっても、美しいものに対する憧れとそれを見たい、触れたいという願望は小児のように純粋で一途であった。そのため、森田さんは、よほどの生活享楽主義者のように見えた。

それなのに、その華やかな森田さんのかげに、こういう生命の諦念と悟りがひそんでいたのである。

やはり、只人ではなかったのだという想いをつよく持った。

森田さんは、好き嫌いの激しい方であった。それに育たれた環境がよかったせいもあって、遠慮なく、御自分の好悪をはっきり外にうち出された。その時、森田さんには、他人の思惑や、自分の立場への考慮などいうものは全くなかった。何歳になっても、子供のように純真な面を持っていられた。

晩年は思いがけず、政治に首をつっこまれたりしたが、およそ政治家という肩書がこれほど不似合な人はいなかった。

佐藤首相夫人の寛子さんと大そう仲がよかったけれど、それも森田さんは首相夫人としての寛子さんをお好きなのではなく、ざっくばらんで、やはり子供のように純真なところがあって、気どりやお体裁のない寛子夫人の、裸の性質や、たっぷりした人柄に惚れこまれているのであった。

寛子夫人が、首相夫人でなく、町角の肴屋か、八百屋のおかみさんであっても、森田さんはきっと同じように寛子夫人になつかれただろうと思う。

それから森田さんは自分のいいと思うもの、好きな人は他の人にも認めさせ、好きにならせるという不思議な力を持っていられた。

森田さんほど、交際の広い、そのくせ、通り一ぺんではないおつきあいをしていられた人を私は知らない。

どんな立場の人でも森田さんに招かれて一堂に集まってしまうと、もう十年の知己のように互いにうちとけあってしまうのである。森田さんの好きな人は、どこか共通点があるので、心が通いあうのも早いのかもしれなかった。しかし、結局は森田さんの不思議な紹介のしかたが、未知の人を百年の知己の如くしてしまうのであった。

日本にサロンというものがあるとしたら、それは森田さんをホステスとした、あの森田家の集まりであろうと思う。

きどりも、てらいもなく、人間があるがままの心で集まり、好き勝手をいい、そのくせ乱れない。それは森田さんの人柄がかもしだす雰囲気のせいである。

森田さんがきものを愛されたことはあまりにも有名である。

ある時、何かの随筆に、御自分の着物はひとつずつ本当に好きで集めて、どれにもそれぞれの思い出があるから、人にあげるのはいやだとはっきり書いていらっしゃった。

私も森田さんの何分の一にみたない着物を持っているけれど、やはり同じような感慨を持つ。それだけに、森田さんからいただいた着物は、殊の外有難い。

私は駒絽の着物と、ゆかたをいただいている。

駒絽はえんじに、白とブルーの小さな絣がとんだ染めもので、その色といい、模様といい、本当に森田さんらしいしゃれたものであった。私は早速、それを自分の寸法に仕立直し、テレビにも着たし、外出にもよく着た。色が白く見えて、着ばえのするいい着物であった。

ゆかたは夢二の図案を染めたものでこれも、私にはとてもよく似合って、どの浴衣より愛用している。

森田さんが私に本当に似合うと思って選んで下さったものだということがわかった。

時々、森田さんが電話を下さっては、私が出かけていき、御馳走になっていた。佐藤夫人がたいてい御一緒だったが、森田さんはいつもにこにこして、御馳走して下さりながら、本当にその席を愉しんでいらっしゃった。私は数えきれないほど御馳走になりながら、ついに一度も森田さんを御馳走するためお招きしたことはなかった。せめて、一度でも、私がお招きしたかったと、後悔している。

森田さんがなくなってから、大宅さんとか、三島さんとか、私には有縁の人がつぎつぎなくなっていく。今年は本当になつかしい人に別れることの多い年であった。

しかし、森田さんはどういうわけか、私はまだなくなったような気がしない。今夜にも、

「瀬戸内さん？　あなた今度の土曜日おひま？」

と、お誘いの電話がかかってくるような気がしてならない。

（昭和四十五年十二月）

武田秘伝伝授

昭和三十八年七月のことだから、今から大よそ一昔も前の話である。私ははじめて武田泰淳氏と北海道へ旅行した。どこかの新聞社主催の講演が仕事であった。講演旅行の時ほど同行の人が気がかりなことはない。あんまりなじみのない人や、あんまり肩の凝る人や、日頃、何となく虫が好かないと思っている人が一緒だと聞かされると、行く前から気持が沈んでしまう。それまで武田泰淳氏は私にとって怖い近づき難い人であった。三十六年に私は田村俊子賞を貰っていたが、氏は俊子賞の選者であって、三十六年以来、毎年、四月十六日の俊子忌には北鎌倉の東慶寺で俊子賞の授賞式が行われるので、そこでお逢いしている。とはいっても、私は当日は受付やお茶運びに忙しいので、氏と親しくお話したりする機会はなかった。その年の俊子忌も、私が受付をしていると武田氏が可愛らしい女の人と一緒に入ってこられた。会費と引かえにお弁当の券を渡すのが私の役目であったから、私はお二人分の券を目のチャーミングな可愛らしいひとに渡していった。

「先生は選者ですから会費はいただかないでよろしいそうです。お嬢さまの分だけ五百円いただきます」

するとと行きすぎかけていた武田氏が立ちどまって私とお嬢さんの顔を見比べ、ほうというような表情をされた。私はよせばいいのに、可愛らしい人におつりを渡しながら、

「学校はどちらですか」

といってしまった。私はその人を武田氏のお嬢さんでたぶん高校三年か大学一年くらいと信じこんでしまっていたのである。すると可愛い人は片手を口にあててふふと笑い出し、武田氏が「家内です」と私におっしゃった。私はたぶん、きゃっとか、ぎゃっとか叫んだと思う。ことほど左様に、当時私は武田氏を高年齢者と信じこんでいたし、畏れ敬っていたのであった。

その時の大失敗があって、私はかえって武田氏に以前よりは親しみを感じていたが、それも一方的で、やはりその珍問答以来、お話らしいこともしたことのない仲であった。

「えらい方と一緒の旅は気がはりますねえ」

私は主催者にそんな重い返事をして出かけた。しかしその旅はまことに愉しかった。

薄茶色の変り型の夏のスーツを着た旅姿の武田氏はそれまではるかに眺めていたどの武田氏よりも若々しく見えた。奥さまをお嬢さまとまちがえるようなそそっかしい私を武田氏も悪人や根性悪とはよも思われないであろう。そう思うととたんに気がゆるんで、私の癖で、あとは十年の知己のごとくなついてしまい、お喋りになって、明けっぴろげになってしまうのであった。その日、私はいく分そわそわする問題をかかえていた。と

うとうがまんが出来ず、札幌のホテルのロビーでその滑稽な個人的悩みを打ちあけた。

それは三十八年度上半期の芥川、直木賞の銓衡日が今日という日の晩に当っていた。

私の「みれん」が、直木賞候補に上っていて、しかも大そう有力だとかで新聞記者が旅先のホテルまで追ってきていた。

「実は私、もらいたくないんです。それに、みれんが直木賞候補に入ったことも納得いかないし」

私は珍しくじめじめしてぐちっぽく語った。

武田氏は優しい目の目尻をちょっと下げるように笑顔をつくって、歯から抜けるような声で軽くおっしゃった。

「いらないねえ」

それからふっと生真面目な怖い表情になり、声は同じ調子でつけたされた。

「くれたら断るんだな」

「あっ、そうですね」

私は反射的につぶやいた。さっと、目を洗われたような気がした。仏教の悟りという心境はあの一瞬に似ているのかもしれないと後で思った。その時の講演は「仏教」が主題で、私はかの子と仏教について語り、武田氏は文学と仏教について語られていた。

その晩遅く私はホテルの部屋のテレビで芥川、直木賞の発表を見た。河野多恵子さんの「蟹」が芥川賞、佐藤得二さんの「女のいくさ」が直木賞であった。私は安見児を得た鎌足の歌を電報にして河野さんに発し、久しぶりでせいせいして安眠した。「厭なことは断ればいい」という大そうはっきりした何でもないことが、世の中では案外その通り行われていない。私は武田氏からこのことを教えられたと思った。それ以来、これを実行してみると急に世界が一まわり拡がったような気がしてきた。ひとつの人生の極意の伝授を受けたのではないかと思う。

何年かたって、私は武田氏がある賞の受賞を断られたことを新聞で見た。爽やかな気分であった。

気分のさっぱりした残りの旅はいっそう愉しくなった。武田氏に案内していただいた支笏湖の水の青さやそこに至る森林の中の神秘な道の美しさは忘れられない。もっと忘れられないのは、最後の夜、すすき野のバーで武田氏が突然にこにこして「瀬戸内さん踊りましょうか」と誘ってくれたことであった。私は喜んで立ち上った。外に誰も踊ってなんぞいなかった。武田氏は私に軽く手を廻すと、「ぼくは下手ですよ、これしか出来ないんだからな」といって、すっと頰を寄せてこられた。私たちはのどかにチークダンスを愉しんだ。同行の人やホステスさんたちがにこにこ拍手していた。武田氏のダンスはなかなかどうして下手どころではなかったのである。

私は氏の作品の中では、世評に高い数々の作品はともかくとして、「女の部屋」が一番好きだ。あのヒロインのような可愛らしい、いきいきした女を戦後まだ誰も書いていない。

もうひとつ私は武田氏から伝記文学の極意を伝授されたことがある。いつだったかの東慶寺の会の後だった。縁側で牡丹を見ていたら、いつのまにか背後に来ていられた武田氏が「瀬戸内さんのかの子は、かの子を全部わかったというところで書いているよね。人間なんか、わかりっこないやね、そうだろう、そこが、瀬戸内さんのかの子撩乱の好さで欠点だね」

私はその時、目の中から牡丹がすっと遠のいた。秋瑾女士の伝記はこのことばを作品で示してくれたものとして私は格別の想いで読んだ。以来、私は伝記が以前よりもはるかに書き易くなった。もし最近の私の伝記にまとまりがないとしたら、或いはわからないところの曖昧さがかえって人間を出しているとしたら、それはすべて武田秘伝伝授のたまものであろう。

(『武田泰淳全集』昭和四十六年八月刊)

平林さんの草履

　平林たい子さんが危篤状態だということは二月の六日に京都で聞いた。電話をしてきてくれた河野多恵子さんが円地文子さんと慶応病院へ御見舞いにいったら、平林さんは目をあいて、二人をわかったらしく、

「二人とも元気でいいわねえ」

とつぶやき、つづいて「私もがんばらなくっちゃ、がんばらなくっちゃあ」とひとりごとのようにいったという。今夜が危いかもしれないという河野さんの声を聞きながら私はなんだか、平林さんは持ち直すような気がしてならなかった。翌日も、次の日も、東京へ電話したが、やはり平林さんは持ち直したという。私は自分の勘を信じ、東京の仕事場へ引きあげてきた。

　私が平林さんを見舞ったのは二月の九日の三時すぎだった。病室へ入ったら平林さんは鼻にゴム管を入れて眠っていた。浴衣の脚をなげだし、寝顔は桜色に上気して子供のように見えた。円地さんから、顔色と顔付が悪くて見ていられなかったと聞いていたので、私はいく分ほっとした。じっと寝顔を見つめていたら、ふっと平林さんが目を開い

た。すぐ私とわかって、なつかしそうににこっと笑った。平林さんの笑顔の好さは定評がある。この日は特に無邪気な赤ん坊のような笑顔を見せた。

「悪いわねえ、忙しいのに、ありがとう」

とはっきりいった。私が、円地さんと河野さんと、昨日は城夏子さんも来ましたよといったら、それは覚えていないといってみなさんに悪いわねえとまたはっきりいった。鼻のゴム管をのぞけば、その日の平林さんは平素元気な時と少しも変らなかった。むしろ、いつもよりやさしくなごやかな表情だった。

私は平林さんがとてもいい顔をしているからもうすぐ治るのでしょうといって、なぜだかそこに投げだされていた平林さんの手をとってさすった。ふだんなら、そんなことは絶対しないし、また出来る間柄でもなかったが、それは自然な動作にうつって、平林さんはやはりにこにこしていた。平林さんの掌はむっちりもり上り、すべすべしていて餅肌で指は短いが節は低く可愛らしい手をしていた。

後で聞いたら、五日に入院してこの日だけ、平林さんの意識が一番はっきりしていたのだそうだ。翌日になっても私がパンタロンをはいてきたといって面白そうに話されたという。見舞った人はみんな、平林さんがにこにこ笑ったといっていた。

十六日に毎日新聞の星野さんと行った時はもう面会出来なかった。私は今夜か明日だなという予感を持った。廊下に花があふれていたのが目に残った。

十七日の朝、新聞社に平林さんの死を報らされた。昼すぎ平林家へ行き、平林さんのなきがらに逢った。私の目には平林さんの死顔は、今まで逢ったどの時よりも小さく、老けて、色が黒くなっていた。やすらかとは見えず、何か平林さんが死にたくないと怒っているように見えた。その死顔は翌日のお通夜をへて、十九日の出棺の時もまだ相が変らなかった。私はそれが苦しく、ごく近親の人たちだけが棺の釘を石で打つのにまじり、打たせてもらい、最後にその顔をのぞきこんだ。もう性を感じない顔になっていたが、やはり平林さんは黒い顔をして、私の目にはきつい顔に見えた。

さしでがましくてもお化粧をしてあげるべきだったとその時になって悔いた。生前、平林さんはおしゃれだった。いつか、ファンデーションはレブロンしか使いませんよといっていたのを思いだした。

平林さんは死にたくなかったんだと思う。病院でも、医者に向って、「何としても生きますから生かして下さい。何でもがまんします」といいつづけていたという。それが死ぬ前日になってはじめて「安楽死させて下さい」といったとか。よほど苦しかったのだろう。それでもまた死が襲った時は、やはり平林さんの精神は死にたくなくて、死に対して怒り抗ったのではないだろうか。

私は平林さんと決して深いおつきあいというほどの仲ではなかった。ただ昭和四十二年二月のはじめから三月三十一日まで、平林さんは目白台アパートに仕事部屋を持たれたことがある。癌の手術をされた後のことで、まだ通っていた病院に近いという点で、目白台を選ばれたらしいが、アパートの支配人の話では、最後の仕事をするため、都合によっては沼袋の家を引き払ってもいいといって、沼袋の家財をアパートの地下の倉庫に収めきれるかどうか、研究していたという。私が前からそこを仕事場にしていることは、平林さんは知っていて、座談会の帰り、入口まで車で送ってきてくれ、こういう暮し方もあるのねえと、感心したようにつぶやかれたのが、何年か前であった。平林さんのいた二カ月の間に一度も私たちは互いの部屋を訪ねあったりしたことはなかった。平林さんの方が、そういうことを明らかに拒む姿勢をとられたからである。私も丁度その年から京都に居を構え、京都と目白台の往復をはじめたところでもあったので、いつも目白台にいるわけではなかった。永住しそうな勢いであったのに、二カ月で目白台をひきあげるというその最後の日、私ははじめて平林さんに挨拶にいった。同じ地下の部屋番号も三つしかちがわない隣組だったのだ。平林さんは取りちらかしているからといって、ロビーに出て来られて、ちょっと私たちは話をした。天井が低くて空気が悪くて、土がないから厭になったと不機嫌な顔で嚙んで吐きだすようにいい、急ににっこりして、いたずらっぽい目付で私を見られ、

「瀬戸内さん、うちの鳥がやかましくなかったですか?」

と訊く。私が鳥を飼ってられたのですかというと、

「ええ、九官鳥をつれてきてたんです。淋しいですからね。九官鳥にことばを教えたら、ばかみたいに一日中それをいうものだから」

「どんなことばですか」

「あのね、愛してます、愛してますっていうのよ。それからもうひとつ、あるの、幸福だわ、幸福だわっていうんです」

その時の平林さんのはにかんだ美しい笑顔を忘れることが出来ない。

その後、政治的な発言をしたり、学生運動についてなど、ぎょっとするようなことばや不可解な言動をされる平林さんを見る度、私はがっかりしながらも、九官鳥にひとりことばを教えこんでいる平林さんを思い浮べると、その平林さんの方が私には信じられるような気がするのであった。

あれは小堀さんと別れて間もなくのことであった。私は平林さんと座談会の帰り車に同乗して帰った。その時、平林さんは私の年を訊かれ、「若くていいわねえ、これからですねえ、私なんか、もう酔生夢死ですよ」とつぶやかれた。その時の声の虚無的な口調は、それまで活力にみちた人という印象を抱いていた私を愕かせた。やはりその時、熱帯魚の話をして、なぜ熱帯魚がそんなに好きかと訊くと、間髪をいれず「魚は人を裏切りませんからねえ。もう人間はこりごりです」と答えられた。

平林さんの出られたあと、今度は円地さんが目白台アパートに仕事場を持たれ、私は円地さんと足かけ五年も一つ屋根の下で暮すことになったが、円地さんと平林さんとはすべてがあまりに対照的なのが私には面白かった。

円地さんはまるで女学生の寄宿舎生活のように、しきりに私に電話をかけてこられ、よく訪ねあったり、いっしょに食事をしたがったりする。甘えん坊でむずかり屋で手のやける子供のようなところがあるが、それが何とも可愛らしくて、何だか見捨てておけない気持にさせられるのであった。御飯もたけず、罐詰も満足に切れない円地さんはいくつになっても、どんなに社会的に偉くなっても根っからのお嬢さんという感じがぬけきれない。淋しがりで人恋しさが人一倍強いのだ。その円地さんが、家族もたくさんいる家を出て、一週のほとんどをわびしいアパート暮しをせずにはいられないというのも、何という業だろうかと、時々私は考えこまされたものである。

平林さんは芯から孤独な人であった。孤独に徹しられる強さを持っていた。しかし身近でみる円地さんもまたやはり、平林さんに負けるとも劣らない孤独な魂の領域をかくし持たれていると私には見えるのである。

円地さんは平林さんの死を誰よりも強く嘆かれている。あまりに深い因縁のため、今は涙も出て来ないとつぶやかれる。しかし危篤と聞いた時は「死なれたくないですねえ、死んでもらっては困ります」と絶叫するようにいい、涙をあふれさせていた。

お葬式の日には平林家の塀の外には見事な花環が十幾つも立ち並んでいた。そのどれも私なんかとは無縁な政治家のものばかりだった。邸の中の献華もまた、文学者よりも政治家からのものの方が多く華やかであった。

私は塀の外の花環をひとつずつ見て歩いた。最後の花環に目をあててほっとした。そこには「グッピーの会より」という字が花に埋っていた。

火葬場へは大原富枝さんと、円地さんのお嬢さんの素子さんと私の三人がお供の中にまじった。私も素子さんも円地さんの代理のつもりであった。

火葬場へ行こうとしたら、私と大原さんの草履がなくなっていた。秘書の戸田さんが、あわてて平林さんのだという草履を二つ出してきてくれた。私は黒い喪式用の平林さんの草履に足をいれた。見るからにその草履は平林さんのものらしく、ぽってりと厚く形はまるく、鼻緒は平林さんの元気な頃の体重を受けて、ゆるみ曲っていた。平林さんの足の表情がそこになまなましく生きていた。

平林さんの骨はあの病軀にしては不思議なほどしっかりしていると、人々がささやいていた。私は素子さんと二人でピンク色の小さなか細い骨をひとつ拾いあげた。虚しさがゆっくりとこみあげてきた。


（「文芸」昭和四十七年四月号）

ある歳月

円地源氏の壮挙に手がつけられるとはじめて聞いた時から何年になるだろう。その頃私は目白台アパートを仕事場にしていた。そこには谷崎潤一郎氏が、熱海の家を建てられている間、仮の宿にしていらっしゃり、氏は私と同じ階に仕事部屋を持たれ、別の階に夫人やお手伝いさんをひきつれて棲まわれていらっしゃった。私は憧れの文豪とはからずも一つ屋根の下に住む幸運を得て、有形無形の刺戟《しげき》を受け、心は常に昂揚していた。谷崎氏が去られてからも、私はやはり目白台にいた。その後平林たい子さんもある時期目白台アパートに仕事場を持たれていた。私は谷崎氏と同じ高い階から地下室に移っていて、平林氏とは二つ部屋をへだてた近さだった。しかし、平林氏は二カ月ほどしかそこにいられず、引きあげていかれた。

それから間もなく、ある日、円地文子氏がお嬢さん御夫妻と共々私の部屋を訪ねられた。『源氏物語』の現代語訳の仕事にいよいよ本格的に取り組むため、目白台アパートを仕事場にしたいとの希望を話された。私の部屋をモデルルームとして下見に来られたのであった。

本は新潮社から出すと聞かされた。それから四、五年、円地氏は週の大方を目白台ですごされ、連載小説など一切断られ、一意専心源氏に取り組まれた。私ははからずも、『源氏物語』の現代語訳という壮挙をなしとげられた二人の文豪と一つ屋根の下に棲む光栄な運命に見舞われたことになった。

その仕事にかけられた円地氏の意欲は並々でないものがあり、その決意と、自信と、情熱を私は、身近にいてつぶさに全身に浴びて暮した。私の生涯にとって、忘れられない貴重な経験をさせてもらった時期であった。

円地源氏は最初の予定よりはるかに出来上りの時期が延びた。その間に円地氏は幾度も大病に見舞われ再三入院を繰り返された。一時などは失明の危険にまで見舞われた。しかしその間も一日として、円地氏がこの仕事をあきらめたり、なげたりしたことはなかった。あの人並より小さな、きゃしゃな、骨細の軀のどこにあれだけの強靭な意志と激しい情熱と意欲がひそめられているのだろうと、私はひたすら驚嘆して、この大先輩の凄まじい生命力の爆発を眺めていた。それは谷崎氏と住んだ時の精神の昂揚などとは比較にならない強烈な刺戟であり、影響であった。

仕事の手を休められた時の円地さんはこよなくやさしい。やさしいだけでなく、まるで童女のように無垢な一面を不用意にうちひろげる方でもあった。その天真さにも私は圧倒された。

時々、厳しく私の仕事ぶりを叱咤されることがあった。そんな時なぜか私はちっとも怖くなく、なつかしさを感じるのだった。

私は折にふれ、源氏の進行度や解釈のユニークな発見や、表現上の新しい試みや、源氏の登場人物への人間観などを聞かせていただいた。それは私にとっては望外の、この上ない暮しの余得であった。

やがて、私はどこよりも長年住み馴れた目白台アパートを出ていった。もう円地源氏は、宇治に入っている頃であった。

なぜ出るのかと、円地氏はとても淋しがって私との別れを惜しんでくれたし、その語調には源氏の終るのを見とどけるまでなぜいっしょにいないのかという不審さをかくした不満さが感じられた。私は曖昧なことをいい、円地源氏とのなつかしい日々に別れた。

今となっては、何をかくそう、私は円地源氏の強烈なエネルギーの照りかえしに圧倒されて、自分を確立しておくために、円地源氏の仕事場から逃げだしたのである。

ミューズの神は、一つ屋根の下に二人の芸術家は置かないといったのは岡本一平だった。

私は目近に暮してみて、円地氏のような強烈な作家と共に暮してなんどいては、自分の生命力がいつのまにか稀薄になるような不安を感じたのであった。

文字通り、命がけの大壮挙がここに完成を見た。「仕上るまでに命がないかもしれませんよ」というのが口癖だった円地氏は、この仕事にとりかかられた頃よりむしろ若々しくなられている。千年も滅びない源氏の不思議な生命力が、訳者をまで若がえらせたのだろうか。

この仕事のあと、長い禁欲から解放される氏自身の創作の華麗な開花はおそらくこれまでの氏の創作にも類を見ない瞠目に値するものだろうと私は信じている。

（『円地文子訳源氏物語』昭和四十七年十月刊）

人と小説の間

四、五年前、ある出版社から派遣された形で、四国のある町の本屋さんの主催の講演会に出かけたことがあった。その時のメンバーが井上光晴氏と大江健三郎氏で、私はお二人ともこの時がはじめての旅であり、井上さんとは初対面だった。大江さんとも、まあ初対面に近い仲だった。

会が終り、会食になった時、井上さんはウワバミのように呑み、呑むほどに酔うほどに陽気に賑やかになっていった。大江さんはひそやかに背を丸めながらやはりウワバミのように呑み、いくら呑んでもちっとも酔わず、呑むほどに物静かに柔和になっていった。大江さんが酔うと凄いという噂はかねて聞いていたので、私はとめどもなく陽気になる井上さんの賑やかさの上に、大江さんの阿修羅のような荒れ方が加わったらどうなることかと内心はらはらして、やはりウワバミのように淡々と呑みながらちっとも酔わなかった。井上さんはトランプ占いで一座を煙に巻き、未亡人姉妹の本屋の女主人たちをすっかりうっとりさせてしまい、朝鮮語でトラジの歌をいい声で歌ってくれたり、性器の丈の自慢をはじめたりした。大江さんは始終いとも柔和な表情を崩さずににこにこ井上さんの相手をして、「はあそうですか、トラジって花の名ですか。いいなあ、今度ボク、息子が出来たら、トラジって名をつけますよ」とか「へえ、どこから計って井上さんのは××糎《センチ》ですか」などといっている。そのあと、まだ井上さんは精力がありあまるらしく、私と出版社の人を捕えて、「ボクのヨメさんはいいですよ」とのろけてばかりいらした。

翌朝、三人ロビーで顔をあわせると、井上さんは礼儀正しい挨拶をされ、おヨメさんの自慢などした昨夜の勢いなどどこ吹く風のプロフェッサーみたいな紳士だった。

大江さんは「家内が飛行機に乗るなといいますので」といって、ひとり汽車で帰られることになって、井上さんと私をホテルの玄関まで見送ってくれた。私は恐縮して、井上さんがどこかへ行ってる間に、「結構ですから、もう、どうぞ」といったら、大そう真面目な表情で「いえ、ぼく井上さんを見送りたいんです。井上さんを好きですから。小説も人も好きです。東京ではめったに逢えませんから少しでも長く見送ります」と、はっきりいわれた。私も見送ってくれるものと早がてんしていたそそっかしさを恥じながら、私は昨日、大江さんがホテルにつくなり、「この頃肥ってズボンがよく破けるんですよ。また来る時、お尻が破けちゃった」といって、しきりに手でお尻を押えながら、「井上さんにだけ、あとでこっそり見せてあげますよね」といったのを思いだした。どうも大江さんは差別意識がありすぎるといささか内心むくれたものである。

帰りの飛行機の中で退屈しのぎにトランプ占いをしてくれた井上さんは、乗客がいっせいにふりむくような大声で「あなたはここ二、三年の間に今の仕事をすっかりやめてしまいますね」といった。私はあんまり昨夜からの氏のトランプ占いを信じていなかったのでにやにや聞いていたけれど、今になって思えば、あの時の占いは当っていたようだ。気がついたら、いつのまにか私は当時していたおびただしい中間雑誌の仕事はすっかり止めていたから。

私は井上光晴氏の厖大な小説群の中から一冊を選べといわれたら「気温一〇度」をとる。この中には一九六七年から六八年にかけて書かれた五つの短篇が載っている。勿論井上光晴氏の本領が、「書かれざる一章」「虚構のクレーン」「ガダルカナル戦詩集」「死者の時」をはじめ、最も世評高い「地の群れ」等の系統のものにあるという評価は承知の上で、私もまたそれを認めながら、やはり私は「気温一〇度」一冊や「九月の土曜日」「海へ行く駅」などという氏の短篇が好きなのである。中でも一つ選べといわれたら、「象のいないサーカス」を採る。一見平穏な家庭の底に巣食う日常性の荒廃の無意味な深淵を女の目で探る手法は、「眼の皮膚」以来、氏が身につけられ、好んで試みる手法だが、今やそれは技術的にも方法的にも完全に薬籠中のものとなって円熟していて詩的陶酔をさえ感じさせてくれる。ここに描かれている中年の人妻の孤独と、愛の渇きと、不条理な人間存在の危機感の悶えは、息苦しいほどのリアリティを持って迫ってくる。言葉は選び抜かれ、描写は繊細を極めながら、文体はやはり「地の群れ」の作者の硬質さに輝き、かつて、この人にはなかった異様な人肌臭いなまめきが匂ってくる。凮景も会話も、硝子越しに見る嵐のかたちのように妙に森閑とした不気味さと恐怖をはらんでいる。同時にトルーマン・カポーテのある種の短篇に見るような非現実的な詩情が漂うのは、詩人としての氏の素質によるというより、時間のみでなく、空間の処理にまで創意と工夫を凝らそうとして、独自のリアリズムの発見に孤独な闘いをつづけてきた三、四年来の氏の試みが、実ったとみていいのではないだろうか。

最近、私はアラン・シリトーの「グスマン帰れ」という短篇集を読んでいて、井上光晴の短篇集かという戸惑いを感じた。「道」などは、「海へ行く駅」とか「九月の土曜日」と何と酷似していることだろう。「復讐」もまた井上氏の作品の世界の狂気が双生児のように似通った会話の型であらわれてくる。創作年代を調べてみると、ふたりの短篇集の書かれた年代もほぼ同じ頃なのも、ほとんど同年代の作家なのも、育ち方の似ているのも意外な符合のようで興味深かった。しかし、シリトーの短篇以外の長篇は私には退屈だったり軽すぎたりしてさほど魅力は感じない。

よく井上光晴氏の作品の所謂井上ランドなるものがフォークナーの「ヨクナパトファサガ」に比較され、フォークナーの強い影響を語られているが、私にはむしろ、井上氏の長篇にこもる暗鬱な情熱の中には、むしろドストエフスキー的な素質の血統を感じる。やがていつの日にか、氏の類い稀な情熱のすべてと、強靭そのものの思想と、精緻を極めた技巧と、涙ぐましいほど優しい人柄が渾然と融けあい、「井上悪霊」の出現する日、はじめて井上光晴というユニークな作家の夥しい多角面が、いっせいに光芒を放って、長く消し難い虹を掲げるのではないだろうか。

（『地の群れ』プログラム　昭和四十五年九月）

真砂町の先生

芸術の道には師弟はないというのが私の持論である。弟子を持つような芸術家はつまらないし、師を持つような芸術家もつまらないとかねがね私は思っている。泉鏡花を私は好きだけれども、紅葉に対する師弟の礼のとり方は苛立たしく惨めで不快だ。こういう私の考え方が誤解されて、私はある時期、（今もそうかもしれないが）丹羽邸のサロンに集まる人々の中で忘恩の徒でひどく生意気だといわれたことがあった。ある対談で、「あなたの文学の師匠は丹羽さんですか」と訊かれた時、私の持論を述べたのが誤り伝わって、けしからんということになったのである。その場に居合わせたある人から親切に忠告を受けもした。私は言い訳けしてもはじまらないので黙っていた。しかし私は丹羽先生は、私の言ったことは、真直わかって下さっているという信念があったので、ちっとも怖れていなかった。門弟何千人といわれて嬉しがるような人物でないことは、私が何年か「文學者」でお世話になってわかっているつもりだったからである。私は生原稿を読んでいただいたこともないし、一行も小説について批評していただいたこともない。しかし、「文學者」に一銭のお金も出さず、何回も小説を載せていただいているし、いつサロンに出むいても入れていただける。一度だけ、婦人公論に『小説丹羽文雄』を書いた時、ひとりで伺ったら、色々お話して下さって、小説が発表になったら、「モデルとしてはどう書かれてもくすぐったいが、小説になっている点を認めます」と、わざわざお葉書を頂いた。この小説は正宗白鳥氏から実に丹羽さんの感じがよく出ているとほめていただいた。女流文学賞の授賞式に、他にも会があったのにわざわざ丹羽先生は駈けつけて下さって、「瀬戸内くんは、世間では私の弟子ということになっているが、この人は私の弟子などと考えていないし、万一、そう思っていても師など乗りこえてゆこうとする心がまえの人だと思っている」と祝辞を下さった。丁度、私のことが丹羽部屋で誤解されていた最中だったので私はやっぱりわかって下さっていたのだと、思わず涙が出た。私は後にも先にも一度だけ、丹羽先生に身の上相談に伺い、おっしゃる通りに身を処したことがある。そして今となっては本当にその通りにしてよかったと思っている。以来、私は円地さんや河野さんと丹羽先生のことを話す時、真砂町の先生というニックネームで親愛をこめて話すことがある。相談の内容が結婚問題であったからである。いつでも私の心の底には御恩になった「文學者」の名を恥しめない作品を書かなければという初心は消えたことがない。

忘恩の徒の真情である。

（「群像」昭和四十五年十一月号）

Ⅲ

貝殻の歌

私の耳は貝の殻
海のひびきをなつかしむ

ジャン・コクトオのこの短い詩を覚え、忘れられないものになったのは十二、三歳の頃だったろうか。

私の故郷は海辺の細長い帯状になっている町だったけれど、背後にはなだらかな山をひかえていて、海と山にはさまれた形だった。

私は、どういうわけか小さい時から海より山が好きで、山の中の小道は、木こりや兎しか通わない道まで発見していて、涸れた滝のあとや、実のなる木々のかくれ場所まで知っているくせに、海は何となくこわくて、オゾンをふくんだ潮風が真向から吹きつけてくると、思わず目をつむって、防禦の姿勢に自分の軀を抱きしめてしまうような恐れを持っていた。

おそらく幼い頃の私が人並より虚弱で、年中、軀のどこかが悪く、病気でなやまされていたせいで、山の静かさが心身をなごめてくれ、海の明るさや荒々しい生命力には圧迫を覚えて逃げ腰になっていたせいかもしれない。

そのくせ、私は、貝殻が好きで、貝殻を拾うためなら、海に何日でも通いたいと思うのだった。

海のこわい私は、たまさか海につれていってもらっても波の中へはほとんど入らず、臆病に砂浜ばかりにいた。そして、日射病にかかるくらい、浜辺を歩きまわって貝殻を拾っていた。

白や、ピンクや薄紫や、時にはうすい緑色の貝殻もあり、その中に縞や斑点の模様入りまでまじると、私はこの可憐な獲物に夢中になって、それを一片もこわさず持って帰ることに苦心する。そのため、海にいく時は、大きな空箱を持っていくことが多い。袋やハンカチの中では貝が重なり、おしあってこわれたらと思い不安なのだった。

空箱に並べて、捧げるようにして持って帰った貝殻を更に選りわける楽しさもひとりきりで味わうぜいたくな楽しみだった。おはじきになる貝殻や、買物ごっこのお金になる貝殻のほかに、誰にもあげたくない、見せるのも惜しいような貝殻がたまる。それは山でみつけてきたどんぐりや、滝にうたれて磨かれた宝石のようなすべすべの小石や、蝶の羽や、蟬のぬけがらのような私ひとりのひそかな宝物よりは、格段に可憐できゃしゃで、哀感をそそってきた。

七色のお手玉が入っていたガラスの空箱が、当時の私の宝石箱であった。海の獲物も山の拾い物も、すべて私にとっては宝石に見えた。角のつぎめを千代紙ではったそのガラスの箱は女奇術師の舞台でみた美人の箱づめガラス箱と似ていて、どこか魔法くさかった。

うちの近所の川のほとりに、ガラス工場が建っていた。黒い大きな工場は、子供心にも醜い建物に見えた。けれども、こっそりのぞきにいった工場の中のかまどの炎の美しさは、この世でみた一番純粋で激しい色彩として幼い私の目と心を捉えてしまった。真赤になった長いガラス管を頰をふくらませて吹き、瓶をつくる職工たちは、みんな炎の暑さで半裸になり、腰にぼろ布をまとっただけの原始的な恰好なのに、私には魔法使いのように、神秘的に見えたものだ。その工場のすぐ裏の草原に、小川が流れていて、その川底にはガラスの破片がいっぱい沈んでいた。砂にまざったその破片が、陽の角度で時々、いっせいに水の底できらめき、草に半分かくれているような、平凡な小川が、その時はやはり天上か、おとぎの国の川のように、幼い私の目には神秘さをたたえて映るのであった。私は人しれず、貝殻のつまったガラスの箱をその光る川底に埋めこんだ。こうしておけば、いつのまにか、美しい貝殻がきっと本物の宝石に変っているだろうというような夢を信じこんでいたものだ。

川をおおうほどのびていた草原の雑草の匂いや、陽のさしぐあいでいっせいに川底からきらめいた小川の輝く水の色を、今でも私はありありと思いうかべることが出来る。

いつか訪れた故郷の町は、戦火に焼きつくされ、見ちがえるように明るい広い道路のさっぱりした街に生れかわっていた。ガラス工場は跡かたもなくなり、そのあたりに、東京で見るようなコンクリートの殺風景なアパートが建っていた。あの私の宝物と幼い夢を埋めた川は、道の下に入ってしまったのか、跡かたも見えなかった。

私は昏《くら》い夏の朝、まだガラス工場の仕事が始まっていないほどの朝早く、あの秘密の小箱をひとりでこっそり埋めたことを覚えている。水のつめたさも、陽のあたたかさも、ありありと思い出すことが出来る。そのくせ、その小箱の中のものが、宝石になったかどうかたしかめた記憶がない。

子供の忘れっぽさから、それを埋めっぱなしでいつか興味が外のことにそれていってしまったのだろうか。それとも、そんな魔法は長い年月を必要とすると決め、二年も三年も、見たい心を押えているうち、そんな他愛ない夢の非現実性を嘲う知恵が私についてそれっきりになったのだろうか。

夏が来て、海を思い、貝殻を思いだす季節になると、私はコクトオの詩を思いだし、その詩からふっと、あの幼い日のガラス箱を思い出すようになっている。

失った手まりの花模様の色とか、母のつくってくれたお手玉の布の模様とか、忘れきっていた筈のものが、ふいふいと、思いだされてきたりするのもここ二、三年来特に多くなった癖のように思う。

物を書く仕事のせいで自分では気づかず、自然に自分の心の中を昔へ昔へたどりはじめているのだろうか。昔を懐古するということ自体が、私の年をとったというしるしなのだろうか。

そんなとまどいの中で、コクトオの詩を思いだすと、耳が貝殻のように海のひびきをはっきりと聞くことが出来たのは、あの川の奇蹟を信じこむことが出来た幼い日々だけだったように思われ、心細くなってくるのである。

奇蹟を信じなくなるのが大人になるということかもしれない。大人になっても恋をしている時だけは、すべての恋人が奇蹟に憧れ、奇蹟を信じようとする。逢えない恋人との逢瀬を奇蹟がかなえてくれるような予感にみち、死ぬ筈の恋人の病いも奇蹟が癒してくれるように夢みる。夢をみることさえ、愛の奇蹟のたしかなるしるしのように思いたがる。

恋する人たちの心は幼児と同じように非現実的な夢にみたされていると考えていいらしい。

しかし女は男とくらべるといくつになっても、心のどこかに子供っぽい童心のからをくっつけているように思う。男よりもはるかに愛にこだわり、愛したがり、いっそう愛されたがるのも、女にのこされた童心のあらわれと考えられる。

どんぐりや、貝殻や、蝶の羽が、宝石になる奇蹟を信じるように、女たちは、自分の愛する男や、子供の中に、宝石になる可能性を信じたがる。

いつでも現実の恋人や夫や、子供の実質的な才能を直視しようとはせず、その本質に、自分の夢の虹をかけて、魔法のベールでつつんでしまい、かくあってほしいと希う、憧れの仮像をだきしめて生きていく。

素直で可愛い女らしい女ほど、その夢は長くつづくようだし、世間ではもうとっくに見切りをつけている夫や恋人も、彼女の信じる奇蹟の前だけでははつらつとした才能豊かな男性になれる。

夢を信じることは自分をも幸福にするし、人をも幸福にする。

本当に仲のいい平和な家庭というものは、夫の働きや、抜群の世渡り術で幸福が保たれているのではなく、たいてい妻の子供っぽい夢と信頼で幸福がつくりだされているようである。

寸分のすきもない聡明で知的な妻がいるのに、妻より美しくも賢くもない女を愛人に持つ夫が何と多いことだろう。

妻は夫の相手が自分よりどうみても劣る人間だと見ると、そういう女に自分をみかえられたということによって自尊心を傷つけられいきりたつ。自分より、あきらかに美しいとか、あきらかに聡明だという女が、夫の浮気の対象だった時は、妻は一瞬は絶望的になりながら、まもなくそこから、かえってくることができる。今までもう、何度口ぎたなく心の中でののしったかしれない夫の不甲斐なさのすべてが一挙に思いだされてくる。まだ夫の新しい女の識《し》らない、夫のあらゆる欠点の数々がいっせいに思いだされてくる。

自分よりすばらしい女が、自分でさえ、愛想をつかす想いの夫の欠点にがまん出来るものかと思うと、やがて確実に訪れるであろう夫の浮気の終りの時が目に浮び、陰けんな復讐の快哉を叫びたくなる。

けれども夫の浮気の相手が自分よりはるかに年の若い女であった時、妻はその若さに恐怖し、肉体的にコンプレックスを感じる。たいていの中年の男は若さに憧れるし、若さには弱い。妻は自分の心の中を正確にのぞけば、自分にだって若さに対する猛烈ななつかしさと憧れがあることから目をそむけ、夫の他愛のない回春への欲求を軽蔑し、無視しようとする。夫の相手の若さの中には、肉体的なみずみずしさのほかに心のみずみずしさを忘れている。

心のみずみずしさとはほかでもない、夢想する能力、可能性と奇蹟を信じる能力ではないだろうか。

若い女は、妻がもうみかぎってしまっている夫の中に、非凡を夢み、妻がもうしみじみみつめたこともない生活苦に疲れた夫の目の中に、野心や冒険への期待を夢みる。女の無条件の信頼と憧れのまなざしが、枯れかかった男の細胞にみずみずしさをよみがえらせ、疲れきった心身に活力を与えるという現象をたいていの妻は認めようとはしない。

年上の女と結婚してうまくいっている男たちがある。世間はたいていそんな若い夫を年上の女が母性愛的につつみこんでいるのだろうと勝手に想像する。ところが年上女房というものは意外に子供っぽく、わんぱくで、無邪気な例が多い。年上の女を妻にする男の方が、年よりはるかにませていて老成した感情の持主であることが多い。

年齢に関係なく若い心とは、現実の猥雑さや不潔を乗り超えたところに、美しい夢を描ける能力を持った心のことをいうのではないだろうか。

自分の耳が貝の殻だと信じこめる能力、海のひびきを貝になってなつかしめる心、海のひびきを、波の泡から生れたヴィーナスの手風琴ときける心、そんな想像力や、空想力を枯渇させない心をこそ若さというのではないだろうか。

妻たちがレース編み刺繡を好きなのは、私は、彼女たちの勤勉や、内職好きのせいとは考えられない。レースの糸の編む虹色の夢の中で、あまりにも息苦しい現実の中から逃《の》がれて、妻たちは、まだ乗ったことのない飛行機の窓からみる雲海の雲のひろがりを想像するし、香水のもとになる花々が咲きみだれるというグラスの野の花畠を夢みることも出来る。

もしかしたら今の夫の外に、もっと自分にふさわしい求婚者がいたのではないかと思い、その夢の男との結婚生活ではこのテーブルクロスがどんな卓を飾るだろうと思っているかもしれない。現実が息苦しく、貧しく、けわしくなればなるほど、女はもっともっと、女本来の夢想する能力を自分の中からとりだし、若がえり、心を飾りたて暮らしたいと思う。

宝石になりそこねた貝殻を思うたび、私はせめてもう地中にとじこめられた暗い川の底で、輝く石になってひっそりときらめいている貝殻たちを夢想して、幼い夢をなつかしんでみようと思う。

（「ミセス」昭和四十年八月号）

きものに描く夢

西鶴の五人女のお夏清十郎の話の中に、花見の場面がある。満開の桜の樹から樹へ綱をわたし、それに小袖を幕がわりにかけて、その中で酒宴をひらいて花見をするというのである。

その時の着物を花見小袖といったようである。普通は家紋を染めぬいた大まん幕を張ったのに、ぜいをつくす家では、わざわざ人に見せる小袖をつくってかけつらねたのだろう。

着るためでない観賞用のきものには、どんな大胆な図柄も自由に使え、花より華やかに艶であったろうと想像する。

そのかげでお夏と清十郎は、はじめての恋の夢を結んだのだった。

想像しても絵のように美しい眺めである。西鶴の筆によれば、お夏たちの一行は、花見に着替えの着物もつづらに入れて持っていたとある。

今、博物館にのこされているような小袖の中には、誰が着たのかと思うような、思いきって大胆なものが多いのも、着物が着るためだけでなく、こういう使い方をされたからかもしれない。

そんな時の着物はおそらく友禅であったろうと想像する。

華やかさに於て、友禅にまさるものは見当らない。

子供の頃、もう私たちはふだんは洋服を着ていたけれど、病気になったり、お祭りやお正月や、およばれの時といえば、きものを着せてもらっていた。

病気の時は銘仙の矢がすりなんかだった。それに花模様の羽織を重ねると、如何にも自分が病気になって、きものにあたたかくくるまれいたわられているという感じがして、心まで弱々しくなってきたのを覚えている。

よそゆきのきものということを私たちの故郷では一張羅のきものとよく呼んでいた。本当のことばの意味は、持っている中で一番いい唯一のきものという意味だろうけれど、いかにもよそゆきのような感じがして、子供たちは「いっちょうら」のきものを着て、お互の家に誘いあいにゆき、花見や祭りに出かけていくのが愉しみだった。

そんな頃のよそゆきのきものを思い浮べると、みんな友禅だった。友禅のもつはなやかさと上品さが、いかにもよそゆきの重々しさを感じさせたのだろう。

姉さま人形にきものを着せて人形に芝居をさせて遊ぶのが、子供の頃の愉しみだったが、人形のきものには、本物のきものの端ぎれを母にねだってもらったものであった。人形にはふとんもつくってやった。

そんな人形のきものやふとんにするきれは、どうしても友禅がほしかった。人形だってふだん着は縞や絣をきる筈だと母にいわれても承知しない。子供の心には、いつでも人形に一張羅をきせて華やかせておいてやりたい気持が強かったのだろう。あるいは子供の日々というのは、来る日も来る日も祭りや祝日のように輝きわたっていたのかもしれない。

人形のふとんは絶対友禅でなければならなかった。友禅のかけぶとんに黒いビロードの衿をつけて、その中に人形を入れて寝かしつける時、美しい人形の夢まで、共有するようなみちたりた想いに心がなごんだものであった。

友禅の晴着の袖は長かった。

いいお行儀を強いられ、日頃のオチャッピイが、まず膝の上に長い袂を重ねあわせて、おとなしい身ぶりをするのも、何となく大人っぽくなったようで嬉しかったものだ。

先日、ある方から、加賀の友禅の巨匠木村雨山老のきものをいただいた。

加賀友禅といえば、極彩色の華やかなものだとばかり思っていた私は、桐の箱の中にうこんの布につつまれ更に白絹にくるまれていたそのきものをとりだした時あまりの地味さにまず一驚した。

鼠色の地色で、こまかいわくの中にあられの入ったような小紋の地があり、その上に裾と肩に、何の花か、リラの花のような小花が、水色と白でむらがっているのであった。小花の中には小さなふさを星くずのように金色の花芯が刺繍でさしてあった。

それは地味さと上品さが凝り固ったようなきもので、見ているうちに次第にきものがしっとりと語りかけてくるという感じがした。友禅にもこんなものがあったのかと改めて私はその絹の肌ざわりをなでさすっていた。

今の私にはとても地味すぎて着こなせない。

この着物に、紅絹《もみ》のふりをのぞかせ、うす紫の衿を幅広にのぞかせ、たっぷりしたひさし髪にダイヤをちりばめた櫛をさすか、上品な丸髷《まるまげ》に水晶か、翡翠の根がけをしたやせぎすの女の人に着せたらどんなに似合うだろうか。

私もあと数年すれば、このきものが似合い、きこなせるようなしっとりした味のある人間になれようもしれぬ。そんな愉しみを未来の夢にかけてくれるきものははじめてだった。

私は今、そのきものを仕立にだし、出来上ってくるのを待っている。着ないで見るきもの、それをしばらく衣桁《いこう》にかけ、私は書斎の机の横に置いて几帳《きちょう》かわりにしそのかげで恋ならぬ仕事のペンをとってみたいと憧れている。


（「きもの」昭和四十二年十月号）

ゆかた

生き堪へて身に沁むばかり藍浴衣

橋本多佳女の句だという。

しみじみと心に沁みる句である。作者の何歳の時の句かしらないけれど、この藍ゆかたのひとは、胸乳の高い脚の長い現代の若い娘ではなく、生きることのわびしさやつらさを充分心身にしみこませてしまった中年の、肩の薄い、胴の長い、日本のきものがいちばんなじむ女のような感じがする。

その女は人を裏切った覚えもあるだろうし、裏切られた悲惨さも味わいつくしてもいるだろう。

生別、死別のさまざまの別れにも逢ってきたことだろう。生きるということは歓びよりも苦しみの方が多いものだということを生きて来た歳月に教えられ、骨身にこたえてさとらされてもいよう。

そういう女に、新緑のみずみずしい、陽ざしの強い初夏の万象はまぶしすぎるし、強烈すぎる。短い花をゆっくり眺めるひまもなく春を見送ってしまうと今年ももう夏が来ている。

ことにもこのごろは毎年、季節の歩みが早く、花から一足飛びに夏に移ってしまうようだ。

新しいゆかたをさがしにゆくひまもなく、去年の洗いぬいたゆかたをひきだしたくなっている。

肌になじんだ古ゆかたをしまう時は、糊を落とすのが常識だ。糊の落ちた古いゆかたは萎えて掌に軽い。

本藍は一年置いたくらいがしっとりと藍が落ち着いてくるけれども、このごろの化学染料の青色は、洗いぬいても別に変りばえもしない。

多佳女の句のゆかたの藍は、本藍とみておきたい。

はげしい心の傷手を通りすごし、光のきらめく夏を迎えて、心身の疲れた目には、明るすぎる外光に目をそむけ、気分をさっぱりするつもりで、仕立おろしの今年のゆかたをはじめて素肌にまとってみる。

一年、箪笥の中にねかしておいた本藍が落ち着いていながら、やはりつんと匂い、手足を薄青く染めてくるような気がする。

藍の匂いと色が身にも心にもしみとおるような気がして思わず目をとじ息を深く吸いこむと、もう枯れてしまったかと思っていた涙が、ふいに咽喉の奥から熱くつきあげてくる。

この時のゆかたは、縮緬でも、ちぢみでも、しぼりでもなく、真岡木綿のしゃっきりと糊のきいたものがふさわしい。

ゆかたは紺と白の二色にかぎる。紺地と白地は好きずきで、どちらも捨てがたい味があるけれど、やはりゆかたの本当の味わいを楽しめるのは白地の上に藍で染めたものではないだろうか。

ゆかたを昼間の外出着にという宣伝もきくし、実際、このごろの真夏の街頭には、ゆかたを着て外出着にしているひとたちもずいぶんみかける。その場合紺地の小柄の多いのも当然である。けれども、私は、やはりゆかたは家の中か、せいぜい夜の散歩に着たいものと思う。

いつか宇野千代さんが、ゆかたを着る時は、素肌に何もつけないのが気持がいいし、本当のゆかたの姿の美しさも出ると書いていられたのが記憶にのこっている。

ところが今時の木綿は地が薄いので、素肌に着ると、くっきりと軀がすけてしまってとんだことになる。

その点、素肌に直接つけて、一番気持がよく、家の中くらいでなら、軀もすけないのは、藍地の鳴海しぼりではないだろうか。このゆかたの素肌にまつわる柔らかな感触は絹より軽く、絹よりしなやかで、しかもべとつかないやさしい女の、ひかえめな情のように奥ゆかしくて、一度なじんだらその味は忘れられないものである。

私は、いつからか座業に専念するようになって以来、ゆかたは夏の仕事着になってしまった。

クーラーをいれた部屋では、ワンピースやショートパンツでは脚が寒く、ゆかたがちょうどいいのだ。

白地は汚れっぽいので自然、藍地のものを普段の仕事着にしてしまう。それだけに白地のゆかたの時は思いきって、大柄な大胆な、ゆかたらしい模様を選ぶようになる。

どんなに好きなゆかたでも、ゆかたの楽しさはその夏一夏で着つぶすところが楽しいので、去年のゆかたというものは去年の落葉のようなわびしい匂いがしみているものだ。

その点、ゆかたの値段というのはここ十年ほどの他のものの物価にくらべてあんまり上がらないのでありがたい。十年ほど前、私がゆかた一枚買うのもつらい貧しい時代に、考えぬいて、ゆかたを買った時、八百五十円だったのを妙にはっきり覚えている。それが、今でも、八百円くらいのゆかたはあるし、いいものでも、千二、三百円もだせば手にはいる。

この十年の、他の物価の上がり方を思うと、ゆかたの値はあまり変わっていないのではないだろうか。

ゆかたを仕事着にする私は、古いゆかたの一枚一枚に、捨てがたい思いがしみている。

どういうわけか、私は真夏に、その年の中で、一番必死の気持のこもった作品を書く癖がある。

扇風機も買えない時代から、そうで、そんな時、扁桃腺炎の時につかう細長いソーセージみたいな氷嚢の中へ氷をつめ、それを鉢巻きにして、うんうん汗をふりしぼって書いたものだ。

扇風機をつけても、クーラーを入れても、または今年のアパート暮らしのように、本格的冷房の中に住んでも、やはり、真夏、苦しい作品にとりくむ想いは同じで、汗と涙は、同じくらい流すものだと悟ってきた。

その点、ゆかたが、他の着物より、生活的な匂いとなつかしさを持って感じられるのは、生活の中からしぼりだす、汗や涙を、女はゆかたの袖に、たっぷりと吸いこませてあるからだろう。

つらい小説を書いていて、私はその小説の中に書きこんでいる過ぎた事件のなまなましい追憶にせめたてられ、思わず、当時の激情を思いだし、つき動かされて、ゆかたの袖を嚙みひきさいたことがあった。

これが、冬の紬や、縮緬を着ていたら、とてもそんなまねはしまいし、出来もしない。よく芝居で女が泣く時、着物の袖口から、襦袢の袖をひきだし、涙をおさえたり、恥ずかしい時や口惜しい時に、口にくわえたりするのがとても色っぽい。

洋服では、ハンカチのする役目のところを、袖口がつとめるのである。ゆかたの場合は、ひき出す襦袢がないから、つい私のように癇癪持ちはゆかたの袖自身を嚙みさいてしまうなどあられもない行状に及ぶのである。

そんな目にあわして着られなくなったゆかたが、またひとしおなつかしいのは、どういうことだろうか。

ゆかたに糊をして、ござにしきこみ、その上に座ってしきおしをするのが、昭和のはじめのころまではどこの家でも、夏の主婦の仕事のひとつだった。

子どものころ、よくそんなたたみござの上に坐っていてくれと母にいわれたのを思いだす。

今ではゆかたもクリーニング屋が、洗って糊つけしてくれるけれども、クリーニング屋のアイロンのかけ方は、あんまりペタリと平らかすぎて、糊は木綿の糸目の中にも埋まってしまい、まるで西洋紙の表面のようにのっぺら棒になって味がない。

やはりゆかたは、ごわごわして、少しちぢんだ糊かげんが、涼しく感じられるし、木綿の味が出るのである。

森田たまさんはゆかたはみんなつい丈《たけ》に仕立てていらっしゃるそうで、それはとてもいい考えだと感心して伺っていながら、今もって私は、つい丈のゆかたをつくりそびれているのはどういうわけだろう。

洗うたび、ちぢむゆかたを、腰のおはしょりで調節する便利さが、不精者の私にむいているのかもしれない。

ゆかたのあじで思いだすのは、子どものゆかたで、昔は腰あげや肩あげのたっぷりあるゆかたを着て、メリンスの三尺帯をしめ、縁日や、天神祭りなどに出かけたものだった。

私の子どものころは、子どものゆかたでも、赤や黄の色ははいっておらず、藍一色の唐草や朝顔や撫子や金魚などの模様だったように思う。

子どもが、あげのたっぷりある藍と白のゆかたを着ているのは、さっぱりして、かえって子どもらしいかわいらしさが強調される。洋服でも、子どもが紺と白だけのものを着ると、いちばんかわいらしく見えるのと同じ理由によるのだろう。

アセチレンの匂いのきつい青い炎の下に、ホタルを売っていたり、海ほおずきが並んでいたりする縁日は、子どもの夏の夢をかきたててくれた。

どうして今の子どものゆかたは、あんなに色彩が多くやぼったくなってしまったのだろう。
二、三年前絵羽ゆかたというものがはやって、まひる東京の街を絵羽ゆかたという裾模様入りが歩いているのをみかけたものだ。ものほしらしく、暑くるしく実にいやながめだった。その上、白足袋をはいて、草履ばきときていた。
子どもの色の多いゆかたと共に、なくなってほしいものである。

ついでに模様の注文をつければ、モダンな花の図案や、抽象模様などはいやで、ゆかたはあくまで昔風に古風なものがなつかしくてよい。

こって、染めにくふうをこらしたものなどもかえって暑くるしくて面白味がない。

単純で古風なものは、歳月に洗いぬかれて残ったよさが自然、藍色と白の中から匂いたってくるものである。

今のゆかたはすけるから、下着なしというわけにはいかない。だからといって色つきパンティだけは、ゆかたの下にはやめたいものだ。くっきりと、パンティの色がゆかたに映ってぎょっとさせられる。

ベンベルグの裾よけが、ちょっと考えると暑そうだが、かえってすっきりする。もちろんこの場合も白にかぎる。

湯上りに家でゆかたを着るならば、少々軀がすけてもいいという気持で、いっそ思いきって、素肌にゆかたをまとった方がいい。糊さえ、ピンとつけておけば、軀の線は、かくされて、いやらしくはない。

ゆかたが涼しいのは、軀にぴったりくっつかないし、風が入るからだということを忘れてはならない。

男のゆかたというものを、どうして業者はもっと気をつかってつくらないのだろうか。デパートなどで、何の個性もない、ベタベタした模様の紺やら灰色やら茶色などの入りまじった男のゆかたが、山のように並んでいるのをみると情けなくなってしまう。

男のゆかたこそ、思いきって大柄な大胆なものをきせたいものだ。

それにしてもゆかたの似合う男がしだいにいなくなっていく。ウエストが細く胴が短く脚の長い、今時のカッコイイ男の子たちは外人がゆかたをきたみたいに味気なく、粋な男のゆかたの味は出してもらえない。ゆかたをきた男が無意識にちょっと肩先へ袖をひきあげてみせる時など、はっとするほど色気の匂うものだったけれど。

（「ミセス」昭和三十九年七月号）

櫛

長い髪を時折りもてあましながら、毎日、櫛をつかって梳《と》かしている。腰を掩《おお》う今の長さになるまでには、わたくしの年齢では、数年、全く剪《き》らないですごさなければのびなかった。

この頃になって、便利なかつらが出廻っているのをみるにつけ、いっそ剪ってしまおうかしらと何度か思いたちながら、いざという時になると、つい理由のないみれんが出て迷ってしまう。第一、美容院や床屋で、剪ってくれない。

「この髪だと売れば、温泉へいって二、三日すごすお金になりますよ。もったいない」

ということなのだ。人並より髪の質がいいというわけでもなく、もう髪の奥の方にはごっそり銀色に光るものもかたまっていたりして、こんな長いうるさい髪をかかえている不便さだけをかこつこともある。もとをただせば、美容院へゆく時間が惜しくてという不精からのびてしまった髪なのだから、今更、長い髪にふりまわされるような愚も自分には許したくない。

京都の祇王寺の庵主、智照尼さんは、剃髪の時落した黒髪を今も大切に筐底《きょうてい》に秘めら

れているそうだけれど、

「髪って不思議なものでございますね。剪った時のままの黒さと艶《つや》やかさでちっとも年月をしみこませないものなのですよ」と語ってくれた。

女の頭の髪が、年齢と共にそそけたり、のびる力を失ったり、白くなったりするのに、剪り落され、いのちを断たれた筈の髪が、その時のいのちを黒々とたたえたまま、幾十年もすごしているということは、不思議より不気味なこととしてわたくしの耳にはのこった。

女の髪を編み合わせたものが田舎の埃くさい小さな神社の軒に下がったりしているのも、何だか不気味な恐ろしいものとしてわたくしの目には迫ってくる。

平安朝の物語の中には、髪は女の美しさの何より貴重な条件のひとつとされていて、一枚の檀紙に女の一筋の髪を置くと、紙の白い面積が、墨をぬったように一本の髪のとぐろをまいた黒さで掩われてしまうというような、なまなましい描写がある。また玄関の前の牛車に乗った姫君の髪の裾が家の中の柱にとどいていたなどという目の覚めるような描写もある。

髪をのばせば若く見える女もあるし、ある日ばっさり短く剪りおとした日から十歳も若がえってみえる女もある。顔の額ぶちとなる髪型で、女の顔が変るのをみても、太古から女が髪に無関心でいられなかったのがうなずける。世界中のどこの博物館を訪れても、最古の軀の装飾品として女の髪飾りが遺されているようだ。

髪をのばしはじめてから、もう長い間、わたくしはつげの櫛以外のものを使ったことがない。ブラシがきらいなばかりでなく長くて多い髪を梳くにはどんな上等のブラシも根まではとどいた感じがなく、いたずらにブラシの毛に、髪がもつれこんでしまうので扱いに困るのである。

太目の歯の少ない櫛と、細い目の歯の多い櫛の二本で、梳かすことに馴れてしまった今では、これが一番わたくしの髪にはなじんでくれて、いうことを聞くようだ。櫛はいろんなところで買ってみたけれど、上野の池之端の「十三や」の櫛が最も使いよい。もう七十近くになる老人がつくっていて、その老人の櫛を使ったら最後、とてもセルロイドの櫛など使う気がしなくなってしまった。

いい櫛は、髪の根に触れても柔らかくやさしく、決して神経をいらだたせない。椿油と、髪自体の油がしみて、手垢もついて、べっ甲色になった櫛は、自分の肌の一部のようななつかしさを感じさせる。

ソ連の旅にも、二度のヨーロッパの旅にも、わたくしは、この使い馴れている櫛は手放さなかった。

この櫛のほかに、わたくしはほとんど飾ったこともない飾り櫛を何枚か持つようになっている。

買ったものもあるし、もらったものも多い。

旅に出て、焼けのこった町の古道具屋などをのぞくと、必ず、蒔絵《まきえ》の木櫛や、べっ甲の櫛が埃をかぶって店のウインドウのすみにおしやられたり、光りのささない棚の中の箱の中にごちゃごちゃとなげこまれていたりする。

そんなものの中から、一枚か二枚、気にいったものを需《もと》めてきて、拭きあげてみると、青い貝の肌が底光りをたたえてあらわれてきたり、小鳥の目のような珊瑚の朱がぷつっと光りを放ってきたりする。

その櫛をつくった職人の姿や、それをさしていた美しい女人の俤《おもかげ》などが、一枚の可憐な櫛の中から浮びあがってくるような気がする。

古道具屋に渡るようになるまでには、その櫛は持主の運命の盛衰をたっぷりとみつめて来ているのだろう。

女の嘆きや喜びで、頭の地が燃えたり、髪が心のもだえのままにからみついたりした時も、その繊細な歯の先に、女の熱を感じ、気長にもつれを一筋ずつときほぐしてやったことだろう。

この間、もう何年も逢ったことのない、古里の叔母のひとりから、小包みがとどけられた。母の一番末の妹だったその叔母に、わたくしは幼い時に姉のようななつき方をして、叔母さんと呼ばず、姉さんと呼びなれていた。ひとりしかない姉との年齢もひらいていたので、若い叔母が姉の上の姉のような気持がしていた。まだ乳のみ児の時、母に逝かれた叔母は、長女だったわたくしの母に、母代りに育てられたせいもあって、わたくしの母への、叔母の甘え方の中に、姉に対してというより母に対するような感じがあったのも、幼いわたくしがきょうだいじみた親愛感を抱く根になっていたのかもしれない。

その叔母が花嫁姿になって、とついだのをみた日が、わたくしがはじめて花嫁姿をまじまじと見つめた最初の記憶だったようにも思う。

需められて嫁いだのだけれど、叔母の婚家は町の古い米屋で、夫になったひとり息子は美しくおとなしく、若い華やいだ継母に育てられていて、家の中は複雑な空気がみちていた。

子供を産んだことのない、美しい姑は、父親のように年齢のちがう夫に絶対的な力を持っていた。美しい人にありがちな、わがままと、移り気が強く、気分のめまぐるしく変りやすい性質で、まだ稚い妻の叔母は嫁いだ当座から、何度も泣かされたことがあったらしい。

家の奥の間で、泣いている叔母を、なだめたり、さとしたりしている母の声や顔つきを今でもわたくしは思いだすことがある。

娘の頃は地味づくりで、書生っぽい服装が似合ったし、好んでもいた叔母が、大丸髷に結いあげて、緋鹿《ひが》の子《こ》のてがらをかけ、大粒の珊瑚のかんざしや、べっ甲の櫛で髪をかざっているのがわたくしには珍しく、衿白粉の匂う首筋を、くっきりとぬきえもんにして、柔らかな絹の着物をまとっているまるい肩先が、子供の目にもなまめいた美しさで、まぶしく映ったものだった。

たいてい、その丸い肩をふるわせて、叔母は、母の前でしおしおと泣いていた。

それでもわたくしをみると涙のたまった目で、笑いかけてくれようとする。

何日か、里代りにしてわたくしのうちへ逃げかえっている叔母を、夜更けに、美しいその夫が迎えに来て帰っていったりすることもあった。

「姑《かあ》さんが華やいだ人だから……」

そんな意味のことをわたくしの母が父に訴えて、叔母のあんまり幸でない、新婚を不憫がっていたのを聞いたこともあった。

長い歳月をかけて、叔母は、その結婚生活を守りぬき、華やぎすぎるほど若く美しかった姑も、年と共に少しずつ、老いてゆき、ある朝、突然の死に見舞われていった。

愛妻を失って以来の舅はすっかり気力を失ってしまい、いつのまにか、叔母は気丈なしっかりものの主婦におさまっていて、内気な夫を扶《たす》け、一家の中心になっていったようだった。

叔母から突然に送られてきた小包みからは朱色のさめた繻子《しゅす》ばりの薄い小箱が出て来て、中には、数枚の櫛と、笄《こうがい》やかんざしが入っていた。

「蔵の中の整理をしていたら、出て来たから送ります。かあさんの愛用したものです」

と書いた紙片も入っていた。

祭りの日に招ばれていった時など、客好きで派手好きだった故人は、小紋の着物を裾長に着て、人形芝居の人形のように白く艶やかに照り映えた額や頬をして、わたくしを抱きよせてくれたものだった。甘い、髪油と白粉の匂いのまじったその人のむせるような体臭は、台所で働き通しのわたくしの母などにはない匂いで、わたくしは、うっとりして、頬にやわらかくふれるその人の着物の絹の感触におずおずとしながら、目まいのしそうな恍惚にさそわれたのを覚えている。叔母をいじめる悪いひとが、なぜこうも美しいのかと、幼いわたくしの心は、とまどい、その人の優しさに吸いこまれそうになるじぶんのもろさを、叔母への裏切りのように思って、心が痛んだものだった。

悪いひとだと、心の中で力みながら、その人の美しさや華やかさに、わたくしの心はひそかに惹かれあこがれていた。

毎日、髪結いを呼ぶというぜいたくを、死ぬまでつづけ、うぐいすのふんで顔を洗いつづけたというひとの、老いてからの俤をわたくしはあんまり覚えていない。旧家の薄暗い奥ざしきの中で、木偶人形のような顔の照りをほの白く浮び上がらせていたひとの、きゃしゃな姿と、黒髪が思いだされるだけなのであった。

櫛もかんざしも、みんな精巧で、繊細な飾りをほどこされていて、少しも痛んでいなかった。

螺鈿《らでん》を青く白く、あるいは薄桃色に光らせながら、小さな花や、鳥が蒔絵されている櫛は、いのちのあるもののように、わたくしの掌で息づいてみえた。べっ甲は、一点の斑《ふ》もとどめず、油のような色にとろりと、澄んでいた。

べっ甲だけで出来た珍しい玉かんざしなど、わたくしの集めたものの中にも一本もないものであった。

それらを愛用したひとの、生前のぜいたくさと、趣味の高さが自然にしのばれる品だった。自分の長姉の死んだ後へ、後妻に需められ、十七の年から、姉の遺児を育てたというひとの生涯が、あらためて思いかえされてきた。

わがままなぜいたくな派手女として、世間の非難を一身に浴びているのを承知で、死ぬまで着飾りつづけたひとの心の中にも、さまざまな見果てぬ夢や憧れがもだえていたのかもしれない。

せめて、美しいものを愛することに情熱をかけ、身を美しく飾りたてることに心の空しさをかくそうとしたかもしれないひとの生涯は、結局、誰にも理解されないかなしみをもてあましていたのではなかっただろうか。

わたくしは、思いがけない手続きでわたくしのもとに運ばれてきた櫛の一枚一枚を髪にあてて梳いてみながら、柔らかな歯ざわりも愉しんでみた。

死後の魂の存在は信じてもいないくせに、その日一日、わたくしは、何十年ぶりかで、縁の浅かったひととのわずかな関わりの一齣一齣の思い出を、古びた幻燈画でもみるような気持で心の底からひきだしていた。

（「ミセス」昭和四十年十二月号）

日本のいろ

日本人ほど色彩感覚に鋭敏な人種は少ないのではないだろうか。世界の文学を見廻してみても日本の文学ほど四季の自然の色彩の美しさを描写し、人物の着物の色や模様を神経質に書きこんでいるものはない。

日本人がことほど左様に自然を愛する心が強いのか、日本の自然が変化に富み、風景が繊細な美にめぐまれ、四季の自然の色彩の移り変りが玄妙で、人の目や心を捕えるのかわからない。とにかく日本人は自然界のあらゆる色を自分の生活に取りいれる智慧を持っていたようである。はじめに人は着る物を染めることを思いついた時、植物を使っただろうか、鉱物を使っただろうか。おそらく、春の青草に恋人を抱き、立ち上った時、背や腰にしみた草の色から、衣服に色を染めることを覚えたかもしれないし、ふと口にした花びらに白い歯を染めた可愛い恋人の唇をみて、研究心の強い若者は、花から色を盗むことを発見したかもしれない。光る貝殻の内側の怪しい美しさを見つめているうち、それを粉にして布にこすりつけて色をつける方法を編みだしたかもしれない。みどりの苔も、青い岩石も、褐色の木の実も、見つめているとすべて布か皮を染めるのに役立つように見えてきたのだろう。子供は人に教えられなくても、鳳仙花の花びらで爪を染めることを覚える。自然の中にちらばっている美しい色を抽出し、布や紙や皮に染め、あるいは自分の肌に刺し、人は自然の色を自分の肌にまとって暮らそうとしはじめる。その欲望が、日本人は世界の人種の中でもひときわ強く生れついているのではないだろうかと思う。

正倉院に残された美しい組み紐や衣服の端裂を見ても、すでに七世紀の昔から、日本人が如何に洗練された色彩感覚を持ち、色を日常の暮しの中にとりいれて、豊かな趣味生活を営んでいたかがうかがわれる。紫根、茜、紅花、くちなし、藍、たで藍、きはだなどがすでに縦横に染料として用いられ、その組みあわせで複雑な新しい色も生みだしていたらしい。

文化がいっそう爛熟してくる十世紀の平安時代に入ると、貴族は目もくらむような色を日常生活の中に氾濫させて暮しはじめた。

わが王朝時代の文学ほど、人物の衣服や調度の色について委《くわ》しく描写したものは世界にも比類がない。

宮廷の高貴な女たちはほとんど男に顔を見せなかったから、着ているもので、その人の趣味や後見者の財力をはかったものだろう。源氏物語に、正月の晴着を源氏が恋人たちに選んで用意するところがあるが、その時、共に選んでいた正妻の紫の上が、源氏の選ぶ衣裳の色から、女たちの風貌や人柄を想像するところがある。

織物の地色には、紅、青、蘇芳《すおう》、萌黄、桜、紫、白、二藍《ふたあい》、葡萄《えび》などがあったが、染物となると、もっと多種多様であったらしい。むらさきとあかね、あいときはだ、あいとくちなし、べにばなとうこんなどのとりあわせでまた別の色も生む。

当時の女官装束についての文献を見ると、一年四季はおろか、各月に分けて、その時は何の色を着るかということまで、おおよそ定められていたらしい。

紅や紫や青だけの衣類ではなく、たとえば表山吹はおもて薄朽葉、うら黄色。裏山吹はおもて黄色、うらくれない、紅つつじはおもて蘇芳、うらくれない、というように色のとりあわせが微妙に千変万化で数かぎりなくあった。

平安時代の女房の衣裳は宮廷生活の色どりとして、欠かすことの出来ないものであった。もちろん、貴族の男たちも、それぞれ鮮やかな色の衣服をつけ、現代の女たちよりはるかに美しい色彩の物をまとっていたが、女たちのそれとは比べものにならない。女たちの衣服は、表と裏のとりあわせの上に、幾枚も重ね着をするので、その色のとりあわせが更に複雑に重なる。

紫式部日記の中の一条天皇の二宮御五十日の条に、中宮彰子の衣裳を、

「例の紅の御衣、紅梅、萌黄、柳、山吹の御衣、上には葡萄染の織物の御衣」

と記している。紅の御衣は打衣《うちぎぬ》、紅梅、萌黄、柳、山吹の御衣とは重袿《かさねうちき》で、えびぞめの織物の御衣とは上着であるから、この豪華な色彩の虹をまとったその日の中宮彰子がどんなに華やかだったかは想像をこえるものがある。

当時の女たちはそれらの衣裳を自分で選んだのではなかったらしい。父親とかパトロンとか経済的後見人が選び、仕立て、着せた。しかし、女は自分が選ばなくても、美しい色を自分の肌にまといつけていると、自然目が肥え、色彩に敏感になり、そのとりあわせの妙も体験的に把握して身につけてしまうのだろう。それが女の教養のひとつになって、美しい物を見る女の目を養ったにちがいない。多彩な色を身につけるうちに、女たちは、その色のとりあわせから、さまざまな配合の妙を発見して、色の詩をかなでることも学んだ。

打出とか、押出とかいう習慣が生れたのはそれからだろう。

打出とは、いだし衣ともいい、牛車や簾の下から、わざとこぼれ出させる女房の衣のことで、栄華物語、御賀の巻に、倫子の御賀の様を記して、

「大宮の女房は寝殿の北おもて、西の渡殿かけてうちいでたり。皇太后宮のは西対の東《ひんがし》おもて也。殿の上の御方は寝殿の東おもて、中宮の御方は東の対の西面、尚侍《かん》の殿の御方の女房、東の対の西南かけて打出したり。御方々の女房のこぼれいでたるなりども、ちとせのまがきの菊を匂はし、四方の山の紅葉の錦を裁ち重ね、すべてまねぶべきにもあらず、いろいろの織物、錦、唐綾など、すべて色をかへ、手を尽したり。袖口には白がね、こがねの置口、ぬいもの、らでんをしたり」

とある。その豪華絢爛ぶりの一端がうかがわれるが、袖口や裾には打出の時の豪華さをいっそうきわだたせるため、置口といって、縁をとり、金銀や、螺鈿、蒔絵、玉など

を飾りつけさえしたらしい。色に光沢を添えたかったのだろう。同じ栄華物語、御裳着の巻には、

「大宮の女房、寝殿の南より西までうちいだしたり。藤十人、卯の花十人、つゝじ十人、山吹十人ぞある。いみじうおどろおどろしうめでたし。枇杷殿の宮の女房は、西の対の東面南かけてうちいだしたり」

とある。一人一人の色彩だけでなく、一色を何人も集めて居並び、打出させるというのも、効果的な色の使い方で、どんなにかそのあたりに人の目をひきつけただろう。オリンピックの入場式に、各国の選手たちが揃いのユニフォームで行進する時のような色の効果を、もうこの時代から駆使していたことが知られる。

押出ということばも使われていて、これは、おしいで、おしいだしといい、打出に比べると、押出は袖だけを出すことに使い、褄も出す打出とは区別している。

増鏡、花の波には、貞子九十の御賀の時、

「御かたがたの女房色々のきぬ、昨日には引きかへてめづらしき袖口を思ひ思ひに押し出でたり。紫のにほひ、山吹、あをにび、かうじ（柑子色のこと）、紅梅、さくら萌黄などは、女院の御あかれ、内の御方は、内侍典侍よりしも、みな松がさね、しろごうし、裏山吹、院の御方、えびぞめにしろすぢ、かば桜のあをすぢ、東宮の女房上紫格子、柳など、さまざまに目もあやなるきよらをつくされたり。おなじ文も色もまじらず、心々に変りていみじうぞ侍りける」

とある。揃いで居並ぶのもいいが、同じ色も模様もなくて、それぞれ、思い思いの色や模様を押出した豪華さをここでは歌っている。

つまりこの時代は、色は単色でみるものではなく、襲《かさね》の配合で見ようとした。襲の色は、季節によっても定まり、慶弔によっても決められ、当人の嗜好によっても創造された。その色目で趣味、教養、容貌まで判断されるのだから、当時の人が色に神経質になるのも当然であっただろう。

これだけ心と金をかけた衣裳は女の財産であって、禁中や、貴族の邸で禄としてさずけるにも衣裳を用いた。中世に入って、「とはずがたり」では、作者二条が、初恋の恋人雪の曙から、事ある毎に、衣裳を贈られ、それで宮中の女房としての立場を維持していることが繰りかえし描かれている。貴顕の女子の後見になるというのも、事ある時の衣裳に恥をかかせないだけのことをしてやれることで、それが並大抵の財力ではかなわなかったということがうかがえる。

しかし、こうした貴族の織物を染め、織り、刺繡をして仕立てた庶民の女たちは、どんなものをまとっていたのだろう。今でいえば浴衣のような着物を裾短かに着て、髪を束ね、労働している庶民の女たちの姿が、絵巻物に残されているが、彼女たちが身につけている色数は決して多くない。

時代が下るにつれ、女の衣服は簡素になってくる。夜具を背負っているようなかさ高い王朝の姫君の衣裳では、人は決して労働など出来はしない。時代が下り、庶民の生活力が高まるにつれ、労働する女たちも美しい色を身にまとうようになっている。桃山、元禄時代の、庶民たちの花見の図や湯女たちの衣裳を見ても、彼女たちが、どんなに多彩で華麗なものを身につけていたかがうかがわれる。王朝のように重ね着はしなくなったかわりに、一枚の着物の中に、王朝の貴族の女たちが何枚も重ねて身につけたすべての色をとりこみ、季節の風物の色まで盛りこもうとした。

さらに下って江戸時代になれば、庶民の妻女や娘が最も美しい衣類を身にまとうようになった。この時代に、度々、奢侈禁止令が出されたということは、それだけ庶民が経済力を持ち、贅沢な衣服を身にまとったということで、東西の女房の有名な衣裳比べの話なども伝えられている。

浮世絵で当時の衣服をしのぶことができるが、浮世絵に描かれた女たちの衣服の美しさ、その色目の繊細さ、柄の大胆斬新さは、王朝とは全く趣きが変り、いきいきとして現代の感覚にも通じるものがある。海女の湯文字の紅のあざやかさや、蚊帳の緑のすける美しさなど、浮世絵の色彩は目がさめるように鮮やかだが、女たちの衣服は渋い鉄色や、利休鼠や、鶯茶なども多くなって、複雑な色合いを愉しむようにもなっている。しかし日本人が、わびとか、さびとかを好んで、華麗で鮮烈な色彩を嫌ったというような意見はまちがっているのではないだろうか。

江戸時代、町人の妻女たちが、地味な渋い色目の着物をつけた時でも、緋鹿の子の帯や黄八丈の着物を町娘は好んで身につけていたし、下着には赤をふんだんに用いてもいた。着物の表は地味にしても、裏は紅絹《もみ》をつけ、袖のふりに、どきっとするような色気をみせたのは、大正時代から昭和のはじめまでもそうだった。

もちろん大奥や武家の上流の家庭では、平安朝に劣らない華やかな衣裳が使用されていたことは、博物館に残っているその当時の衣裳を見てもしのばれる。

戦争中だけは「贅沢は敵だ」という妙な標語がまかり通って、着物の長い袂を切らせたり、美しい色目のものはすべて簞笥にしまいこみ、着て出られないような風潮になった。

戦争の長い間、丁度娘時代を迎えた私は、衣料キップで着物を買うようなことを経験したが、着物の袖を切ったり、黒っぽい着物を着たところで負ける戦争に勝てる道理はないのである。

色は、文化のしるしだと思う。その国の民度の高さも使用する色を見ればある程度はかられるのではないかと思う。原色の毒々しい色しか好まない人種と、複雑な微妙な色のわかる人種とでは、おのずから教養のちがいがわかるというものだ。

精神薄弱児の好む色とか、狂人の好む色とかもあるという。正常な人間でも、心の沈んだ日と、昂揚した日とでは、選ぶ色がちがうようだ。私は気分のひきたたない日にかぎって、派手な、明るい着物を身につけ、顔に近いところに赤い色を持ってくるようにしている。するといつのまにか、気分がひきたってきて意欲的になるからだ。

喪に昔は黒を使わず、鈍色《にび》を使っていたというのも、昔の方が黒という色の本質を見ぬいていたように思われる。黒ほど派手な色はないと私には思える。

カトリックの司祭のミサの色が華麗なように、仏教の僧侶たちの法衣の色が思いきって鮮やかな黄や紫なのは有難い。死者の霊と交感する時、陰気な色彩にとり囲まれて行うより、華やかな気のひきたつ色彩の方が気分も安らぐというものだ。

人は自分では気づかず、生れたその時から死ぬまで、いや死んで後までも、あらゆる色と接触し、あらゆる色にとりかこまれていくものらしい。生れた時から身につけた衣類の端切れをアルバムにはっている人も知っているが、アルバムにはりきれないおびただしい色が必ず残されている。

都会の商店街のウインドウと、田舎町のそれとが、何となくちがうのは、そこにある色のかもしだすハーモニーのちがいであるように思う。感覚が洗練されるというのも、色調に敏感になり、色の調和に格調の高さを需めるようになることであろう。

最近、私は吉岡常雄教授の再現された天平や平安の色を染めたものを見せてもらった。一枚一枚、私の前でその色布がめくられる度、私はうめき声に似たものを発していた。こんな美しいものを最近見たことがあっただろうかと感動した。それはもう、宝石の輝きであり、虹の色であった。私にはそれらの色の中から、さまざまな音が聞えてきた。色のかなでる音楽はまた、色の語る詩でもあった。

われわれの祖先の親たちは、決してくすんだ色や、いじけた色を身にまとってはいなかったことを改めてしらされた。その色を見ていると、文字だけで思い描いていた王朝の美女たちの服装がすべて現実の色となって目の前に浮んできた。私はその色の襲や匂いの無限の組合せを自分でつくりだし、陶然となった。物語の美女のひとりひとりに自分で選んだ色調の着物を着せてみた。文化が進むということの空しさも思い知らされた。化学染料では出ない微妙な色調と光が、そこにはあった。私はあらためて、空を仰ぎ、空が青いということに不思議を抱いた。疑ってみたこともなかった空の青さや、朝焼け夕焼けの美しさも、もっと目にも心にも沁みて味わっていい色だったと気づかされた。五月の緑も、十一月の紅葉も、各季節の花々の色も、すべてせいいっぱいのいのちを燃やして、その色を最大限に主張しているのだと気づかされた。自然は人を裏切らない。薔薇は、薔薇の色に、野菊は野菊の色に、約束通りの色に咲いて、自然は人を裏切らない。

私たちはもっと、美しい自然にめぐまれた日本の色を見つめ直してその色を衰えさせる環境悪を排撃し、天然の色を守り抜かなくてはならないように思う。

祖先が発見した色の伝統を守り、子孫に伝える義務もあるように思う。新しいものも美しい。しかし、幾千年の歴史にも滅びない生命の長い美は更に尊い。歴史の中からよみがえった永遠の色にめぐりあえたことは、近頃思いがけない大きな喜びであった。

（『伝統の色』昭和四十八年三月刊）

黒い顔

もう数年前になる。湯浅芳子さんが団十郎に逢わせてあげるというので、いそいそと指定の場所へ出かけていった。

赤坂の中華料理店だった。どういう事情からだったか、その日、団十郎一家が揃って、主人役で、女流作家を数人招き御馳走してくれるという会合であった。

誰かが招待されていたのに当日になって来られない事情が出来、穴埋めに私に声がかかったらしい。

集まった先輩たちは、湯浅さんをはじめ、誰もみんな歌舞伎通で、毎月のように歌舞伎を観ている人たちであった。一座の中で、私が一番若輩で、最も芝居にうとく、団十郎の舞台も、ほんの数えるほどしか見ていない。

丸い中華料理のテーブルを囲んで私たちは賑やかに談笑し、大いに食べた。会の後で湯浅さんの評言によれば、私が一番よく喋ったというのだけれど、私は専ら、隣に坐った新之助さんと話していたので、そんなに団十郎丈《じょう》と喋ったわけではないのである。

初めて素顔に接した団十郎丈の顔が長いことと、黒いことに私は一驚した。どう見ても天下の美男という印象は薄い。横に窮屈そうにひかえた新之助さんが、色が白く、皮膚が瑞々しく、大きな目が、素直な動物のようにいつもうるんでいる初々しさにくらべると、団十郎丈の黒黄色い顔は使いふるした靴の革みたいで、艶もなく、しみが出ているし、唇も黒っぽく不健康だった。

ダークスーツを猫背に着こんで、首をつきあげるようにきちんと、地味なネクタイを締め、始終おだやかに、微笑をふくんでいるところは、華やかな歌舞伎界の人気役者というより、どこかの会社たとえば化学肥料会社かなんかの重役という感じがした。一口でいえば質実ということばが、団十郎丈の外貌からただよっていた。横にひかえた千代夫人がまた、白粉気の見えない顔に、髪を無造作にひきつめ、物はいいけれども地味な着物をつけ、堅気の主婦以上につつましく堅実な感じなのである。親子三人揃ったところは、模範的な家庭の標本みたいに見える。

座は次第に弾んできて、賑やかな笑い声が立つようになったけれど、気がついてみると、声をあげて笑っているのは、私たち客側で、主人役の彼等はいつもつつましく微笑を深めるだけで、いたって物静かなのだ。私たちが当代随一の歌舞伎役者とその妻子を観ているというのではなく、どうやら、彼等に、珍奇な女流作家というものを見物されているという感じがしてくる。

その会の後で、私たちは、お揃いの浴衣を贈られた。別れた後で、気持のいい後味が残っていた。その一度の出逢いで、私は団十郎丈が好きになった。とりわけ千代夫人をいい人だと思った。ああいう人を選んだ団十郎という人は、本当は役者などにはむかないし、役者を好きではないのではないかと思った。

千代夫人は会の間じゅう決して出しゃばらないでつつましく控えているけれども、話さなければならない所でははきはき口をきくし、三人の中では、私たちの会話に一番敏感に反応を示し、ユーモアをす速く解し、夫や息子より早く、くすくすと、さも愉しそうに顎をひいて笑うのだった。利口というより聡明な人だと私は思った。団十郎丈も新之助さんも千代夫人の子供のように見えた。

それまでに観た舞台では海老蔵時代の光源氏が一番印象にのこっていた。長谷川一夫や春日野八千代や、花柳章太郎の光源氏に比べて、海老蔵の光源氏が、こうもあったかと思われる気品と美しさを感じさせてくれた。梅幸の藤壺にイメージをこわされただけに、海老蔵の光源氏は幻の美男をこの世のものとして見せてくれた想いがした。しかし、現実の光源氏は、もっと色っぽさが匂っていただろうと空想した。

私の友人に、東京の下町育ちで、三代昔から生粋の江戸っ子という人がいて、三つの年から歌舞伎座通いをしたという通人であるが、彼女にいわせると、団十郎は、なくなるまで大根だったといいはるのである。美しいだけで、芸は二人の弟たちに及ばなかったという。私は団十郎の芸はともかくとして、彼が舞台にあらわれた瞬間、ぱっと、舞台のすみずみまで明るくなるような輝きを見て、やはり、これが千両役者の何よりの条件だと信じていた。こまかなこせこせした芸の工夫よりも、舞台を明るくし、舞台をひきしめる持味のない人は、花形役者とはいえないのではないか。

時を得ている人というのは、どこの世界に住んでいても、何となく、顔の内側から照りだす輝きのようなものがあって、オーロラを背負っているような印象を人に与えるものである。そういう時、その人を群衆の中に置いてみると一番わかる。その人だけ、群衆から浮きたって鮮やかに見えてくるものだ。ところが、私の逢った時、団十郎丈は襲名の後で、最も華やいだ時に逢っている筈なのに、この輝きがなかった。私はひそかに、どこか悪いのではないかと思った。

それから一年ほどして、私はあるテレビの仕事で「美男対談」というレギュラーをひきうけていた。天下の美男を選《よ》りどりつれて来て逢わせてあげるというテレビ局の口車についのせられてしまったのだけれど、さしたる魅力ある男性もあらわれないうちにどしどし回数を重ねていく。私がもうおりたいといいだした頃、ようやく団十郎さんに逢わせるといってきた。はじめから、私は彼に逢いたいといっていたのに、テレビ局の方では、関西で撮ることだし、とてもだめだと、投げていたらしい。ところが申しこんでみると、愕くほどあっさりひきうけてくれたというのである。

テレビ局の方では、大いにはりきってしまった。いつもより、三倍も念を入れた、大がかりなセットを組み、花見仕立てにして、緋もうせん敷いた床几《しょうぎ》を出すやら、赤い日傘を造花の桜の下にひろげるようにして、この天下一のゲストをお迎えした。はじまる前に、係の人々は私に心配そうに、

「あの人は、無口で、ほとんど喋らないんですよ。サービス精神もないし、ぷっつり黙ったままだったらどうしましょうね」

という。私は、いつかの会食の時のにこやかだけれどたしかに無口だったことを思いだし、そういう場合も覚悟してのぞんだ。

ところが団十郎丈は、いたって御機嫌がよく、始終にこにこして、私のとんちんかんな質問にもずっと、はきはき答えてくれるし、私が一喋れば三の割で喋りかえしてくる。

「美男対談」はじまって以来のいい録画が撮れたと、テレビ局は大喜びした。

この日も団十郎丈はダークスーツにきちんとネクタイをしめていた。顔は相変らず、黒く、大きな鼻と、目だけがきわだっていた。

やはり、そばで見る素顔は舞台の絶世の美男ぶりとは別人のように見える。それでもこのわずか二十分たらずの対談で、私はすっかり団十郎丈の魅力にとりつかれてしまった。

素朴で、誠実な人柄の上に、ユーモアを解するし、何より、男らしい骨があった。

こちらが話す時、じっと見つめる目の中に、たくまないあたたかさがあって、一瞬、好かれているのかしらと酔わされた。舞台で色気がないと思ったのに、ふっと、渋い色気を感じた。

対談が終って、

「ありがとうございました。とても愉しゅうございました。あんまりお話して下さらないのじゃないかと、みんなで案じていたのですけれど、よくしていただいてほっといたしました」

といったら、

「いいえ、瀬戸内さんだというので、安心して来ましたから」

と答える。私はふたたびこんな殺し文句にふらふらっとなってしまった。

それでも、この日の丈の顔の黒さは、やはり健康なものではなく、別れた後でとても気になった。

それから半年ほどして、団十郎丈の突然の訃報を聞いた。

やはり、相当、軀に無理があったのだろう。

今、私はこの原稿を青山のS病院で書いている。過労で倒れて、入院したら、この部屋しか空いていなかった。どうやら、ここは団十郎丈の最後にいた部屋らしい。

誰にも話していないので、見舞客もない私の毎日はいたって静かで、東京の真中にいながら、山の奥の渓間にいるようだ。

おそらく、丈の入院中は花に埋もれたであろう広い部屋はがらんとして、むやみに脚の高いベッドがぽつんと真中にあるだけだ。

あの脚の長い丈ならすいと上れたであろうベッドに、私はえいっと、はい上らなければならない。それでも深夜、目を大きくして白い天井から、部屋を見廻していたら、ここで何日かこうしてすごしたであろう名優の最後の心境など様々に想像されて、目がさえかえってくることがある。

戦争中に育ったせいか、私はどうも命をないがしろにする考え方が骨身にしみついていて、ぬき難い。長生きするのは恥をかくように思うし、夭逝に憧れる心が強い。惜しまれているうちに、死ぬことが一番美しい死に様のように思えてならない。

宮本百合子が死んだ時、つくづく羨ましいといった林芙美子も、同じ年に羨ましがっていた突然の死に方をして本望をとげている。二人とも華やぎの絶頂だった。

団十郎丈も、いかにも悲劇的な死をとげたように見えるけれども、考え方によれば、これほど羨ましい死に様はないように思う。舞台の美しさはどうせ夢、幻の美しさである。多くのファンの瞳と胸にやきつけた幻の美は消えることなく、日と共に、それはいっそう鮮やかな彩りを加えてくる。

今、若い新之助さんが凛々しく舞台に向っている。私の好きな祇園の舞妓さんに、新之助さんにお熱をあげている可愛い妓《こ》がいて、逢うと、新之助さんに片想いの話を聞かせてくれる。新之助さんの健康さには故団十郎の天性具えていた憂愁の美は見られないけれども、いつか必ず大成する人だろう。何よりもこせこせしていないところがいい。ほんの二度だけれど、素顔に逢えてよかったとしみじみ思いだされるなつかしい人である。

（「小説新潮」昭和四十四年一月号）

華やかなる死——桐竹紋十郎師を偲んで

昭和四十五年八月二十一日、パリは曇天で、時々驟雨が走っていた。朝から急に冷えこみ、夏服では震え上るような寒さだった。セーターにコートを重ね、東京の十月の終り頃の服装になってようやく落ちつけた。チュルリー公園のマロニエの並木はもう葉の縁から黄ばみはじめ、中にはすっかり黄褐色に紅葉してしまっている樹々もあった。

午後、サンジェルマン・デ・プレ界隈を歩き廻り、裏通りの森閑としたパリでも最も古いといわれる通りをたどったり、カフェで長々と休んだりして、ラスパイユ通りのホテルへ帰ってきたら、毎日新聞の支局から留守に電話が入っていて、紋十郎師匠が今朝なくなったという報せが入っていた。

やはりと、思うと、覚悟はしていたものの、思わず気力が抜け、ホテルの部屋の床に坐りこんでしまった。

昨夜ベッドに入った時、何だか、紋十郎師匠は今夜か明日あたりがお悪いのではないかと、ふっと黒い影に襲われたような気分になったことを思い出した。私には妙な勘があって、親しい人の死が、遠くへだたっていて予感されることが多いのだった。そのくせ、両親の死をはじめ、親しい人ほど、死目に逢えたためしがないのであった。

三年前、木山捷平さんがなくなった時も、北海道に旅行中でお通夜に間にあわなかったことを思い出す。あの時も八月二十三日、丁度こんな八月の下旬の格別暑い頃だった。木山さんを最後に見舞ったのは、なくなる一週間くらい前だったが、私がお逢いした時はまだお元気で、冗談をいったりなさったのに、その夜から、すっかりお悪くなり、もう笑うこともなかったというお話を奥様から伺ったものだ。

紋十郎師匠を大阪の白壁病院に最後にお見舞いしたのも今から十日ほど前、八月十日のお昼前だった。

ま新しい白壁病院の五階の特別室のドアを押すと、ベッドから、すっかり痩せて小さくなった師匠の黄色い顔が、けげんそうに私を見つめられた。一日も早い方がいいと知らせてくれた人があって、たまたま私の家に泊っていられた国立劇場の田中節子さんと、あわてて駈けつけたので、私は着物に着がえるのももどかしく、洋服を着ていたからだった。師匠は、私だとわかると、子供がお菓子に手を伸ばす時のような、無邪気な笑顔になり、

「先生《せんせ》だっか、おおきに」

といって、胸の上で両掌を合わせた。師匠は肝臓に癌が出来ていて、黄疸《おうだん》が出たら、もう危いのだとかねて聞いていたので、一目見て歴然と黄疸の顔色になっている師匠を

見ると、私は胸がつまってきて、声がとっさに出なかった。

三年前、ベッドに子供のようにすっかり小さく縮んでしまって横になっていた木山さんを見た時の愕きと不安に比べたら、首まで夏蒲団をひきあげた紋十郎師匠の顔は、異様な黄色さを除いてはまだいきいきしていて、皺などまるでなく、目にも光があった。それでも師匠の顔はやはり、ふたまわりも小さくなっていた。

声はいつものように元気で張りがあった。

三人づれの女の人の見舞客が既にあって、私たちが加わると、あまり広くない部屋は、みちあふれる感じがする。花や果物のお見舞いの品々があふれ、部屋が賑やかな色彩にみちているだけに、師匠のベッドのまわりにしのびよっている死の影の暗さが私の目には濃くかげって見えるようだった。

奥さんのシヅさんが付きっきりの看病をしていられた。今年のはじめ、紋十郎師匠の文化功労賞受賞祝賀会とシヅさんとの金婚式をかねたお祝いが、大阪の太閤園であった時、一度お目にかかっただけだったが、その日は御病気中を無理に出席されたとかで、すぐお帰りになったので、よくお話してもいなかった。あの日より、ずっと若々しく見えるシヅ夫人は、

「病気は私が一手に引き受けていて、こちらは今まで寝つくような病気はいっしょになって以来一ぺんもしたことがありまへんねん。それだけに、こんな大病で寝ついてしまって可哀そうでなりまへん」

という。可哀そうという夫人の何気ない表現の中に、五十年もつれそった夫婦の情愛が自然に滲み出ていて美しかった。師匠はシヅさんのそのことばをベッドの中で聞き、照れたように口許をゆるめ、そこまで黄色くなった目の中にはにかみを浮べる表情が、どこか可愛らしくて、思わず微笑まされてしまう。

「見舞いに来るお客がみなさんいいますねん。師匠、あんたが寝てはっても、『サンデー毎日』で、毎週えらい活躍して、さんざん、女子はんとええことして元気にしてはりまっさ。まあゆっくり、ここで休んどくなはれ、そないいいよりますねん。有難いこってすわ」

元気な声でそんなことをいって、見舞客を笑わせる。胸から下へかけて、蒲団が盛りあがっているので、病人用の蒲団を持ちあげる枠でもいれてあるのかと思ったら、それは、師匠のお腹が、臨月の妊婦のようにふくれあがっているのだということに気がついてはっとなった。

こんな顔色をして、こんなお腹になって、どんなに苦しいだろうと思うのに、病人は、その場にいる誰よりも陽気で賑やかで、笑い声をたてさせようとする。

六月のなか頃、NHKが紋十郎のすべてのような企画をたてて、人形を遣っているところをテレビに撮っておくことになった。その時NHKは師匠の病気のことを知らずにたてた企画だったが、撮りかかってみて、師匠の病気が相当重く、御本人はそれを知らないということがわかり、どうしても撮影のスケジュールを遠慮しがちになった。しか

し、それと知らない師匠の方は、例によってサービス精神を発揮して、

「もっと、やりまひょ。もっと撮ってよろしおまっせ」

と、一向に軀をいたわろうとしない。

文楽協会の方ではははらはらして、そんな無理はさせないでくれというし、仲にはさまってＮＨＫの関係者は困りきっていた。

私もその撮影の一齣に、楽屋へ師匠を訪ねている形で助演した。その発表が予定より遅れ、まだ見ていないことを師匠はひどく気にしていた。

「あれはこの月の二十三日になったとＮＨＫでいってましたよ。師匠、楽しみにして下さいね」

私が伝えると、ああ、そうだったか、二十三日ね。二十三日、と、何度も口の中でいい、シヅさんに、

「おい、しっかり覚えといてや、書いといた方がええ」

と、念を押している。私は内心、それまで師匠の命がもってくれるかしらと暗い気持になった。

「『恋川』は本になりますやろうか」

と訊く。

「もちろん、本になりますよ。師匠にはたんとさしあげますから、買わずに待って下さい」

「そうだっか。愉しみでんな。みなほしいいう人が仰山おりますねん」

と相好を崩すのだった。

「先生《せんせ》、これだけは、お話したかったんですけどなあ、わて、紋也の親父のため、寝こんでからも会社から給金もろてやりましてん。それから、文楽座の近所の仕出しやと契約して、毎日残り飯と、お菜を只みたいに廻してもらうようにしてやりましてん。文楽の人間が、どない一生懸命やっても末路は貧しゅうてあわれやということは、もっともっと書いてもろたかてええと思うてます。わては、自分のことというたら、いい難うおますけど、人のことやったら、よっしゃ、まかしときいうて、何ぼでも会社にいえますやろ。諸事物価の値上りで、とてもこれでは食うていけまへん。給金もちょっと上げてやっとくなはれと、強気に談判してやりますねん。わてはよろしゅうおまっせ。そやけど、給金の少い者ほど生活の保障してやらんと文楽におらんようになりますさかいいうて、交渉してやります。ふん、そうか、ほな、あんたはええんやな。へえ、わてはほっといて、他のもんよろしゅう頼みまっさ、こないいうて、みなの給金が上りまっしゃろ。そこでわては煙草買うて持っていきます。師匠、そんなもんもろたら困りまっさ。いや、これはあんたがわてとみなの給金のことで話してる最中、ずいぶん煙草吸うてはったお返しでんねん。わてが難しい交渉に来なんだら、あんたもあない煙草すぱすぱ吸わはらしまへんやろ。そやから、これはとっといておくれやす。そうでっか。ほな、いただきまひょか。ええ、ええ、おさめておくれやす。こないいうて煙草をおさめてくれたところで、いうてやりましてん。さて、今度はわての給金のことですけど、わてはどないしてくれはりますねん。ええっ、師匠、あんたは自分のはええさかいいうてはったやおまへんか。へえ、そらいいました。いいましたけど、やっぱりこのままやと、わてもやってけしまへんがな、どないぞしておくれやす。ひどい人やなあ、あんた、そんなら、ぺてんやおまへんか。ぺてんやおまへん。みなの給金の交渉する時は、私情を入れると強気になれまへんやろ。そやからわての分は、こっちに除けといて、みなの話が片づいたら、今度はわての分の交渉だす。その煙草は、みんなの分のお礼、わての話のワイロやおまへんで。こないいうたりますねん。それで結局、みなの給金も上げてやり、自分も上げる、というわけでんねん。先生《せんせ》、わて、なかなか交渉巧うおまっしゃろ、あはは……わてらの仲間では、給金のことはいわん方がええという習慣でした。文五郎師匠は、金の計算出来へんお人でして、ちょっと、人形遣うてくれいうて、頼まれはった時、五千円でどうですいうたら、そんな安い話いややいわはって、一万円で話がまとまりました。さて、終って、いよいよお金払うてくれる時、相手が、千円札一枚ずつ数えて、文五郎師匠の目の前へ置いてったら、五枚めくらいで、わあ、そない仰山もろたら、困りまっせ、もうその辺で結構やいわはったくらいです。さっぱり銭勘定出来しまへん。栄三師匠も、人形のことだけで、下のもんの暮しむきのことなど考えてくれたことありまへん。御自分かて、栄養失調で死なはるくらいですからもちろん、貧乏ばかりしてはりました。でも先生《せんせ》、人間やっぱり食わななりまへんやろ。人形遣いが食うものも食わず人形遣う時代はもう過ぎましてん。わては、人形遣う者《もん》の生活の保障だけは取るよう、つとめてきました」

私は紋十郎師匠が、あんまり喋りつづけるので、はらはらして止めようとしたが、師匠は夢中でことばをつづける。一度、数年前、軽い脳溢血をして以来、師匠の有名な早口は言葉尻が曖昧になり、たいていの人はその半分も聞きとれればいい方だった。私もどうせ半分しか聞きとれていないのかもしれないが、人の話を聞きつけているせいか、普通の人より勘が鋭いので、たいていのことばの意味を推察出来るのだった。

そのことが師匠には愉しいらしく、もっともっと話したそうな様子になる。

私は師匠を黙らせる目的で、シヅ夫人の方に話しかけた。夫人も心配をかくしてつとめて陽気に振舞っていられるのが察しられた。

「ほんまに毎週、『サンデー毎日』読んでたら、顔が赤うなりますわ。そやけどねえ、先生《せんせ》、今度ばかりはわて、この人の手を引っぱって、決してあっちへやらしまへんで。天国か極楽か知らへんけど、えろうきつう好かはったお人が、一人、二人と、むこうにいてはって、しきりに引っぱろうとしてはりまっさ。今までは、好きにさしてたけど、今度はわて、渡さしまへんで。力かぎり引っぱって、こっちにつないどきます」

にこにこしながら、冗談めかして、本気七分の心のうちを示される。それを聞きながら紋十郎師匠はまたさっきの照れかえった子供のような無邪気な笑顔になって、ふ、ふ、ふと、声を洩らして笑った。

その間にも、シヅ夫人が、お茶やお菓子やおしぼりをはらはらするほど小まめに運んで下さるのである。

いっしょにいった田中さんは、昨日大阪に着くなり師匠を見舞っていて、その日は二度めなのだけれど、師匠は田中さん贔屓なので御機嫌よく、

「田中さんは脚美人でっせ。楽屋ののれんの下を田中さんが通ると、わて、脚だけ見て、あっ、田中さんやとわかりますねん、外人みたいな脚してはりまっせ」

と、愉しそうにからかうのだ。

田中さんが照れて、恥ずかしがると、いっそうふざけて、淡路でミニをはいた田中さんの脚を見て久米の仙人みたいに目がくらんだなどと、相変らずの冗談が飛びだすのだった。

苦しくないのかと訊くのも遠慮されて、その場にいる人たちが努めてつくりだす陽気な雰囲気は、病室とも思えない。

金婚式の時、シヅ夫人とふたりで舞い収めた後、いきなり、シヅ夫人の両手をとって、

「えろう、長いこと、いろいろ御心配かけました。おかげさんです。ごくろうさん」

といって、満座に拍手をまきおこした話が話題になった。

「あんなこと、いきなりしやはって、何の相談もうけてえしまへんやろ、びっくりしてしもて、うろたえますがな」

あんな嬉しいことはなかったという表情でシヅ夫人は思い出を語る。

「あの時、もっといろいろ面白いことするつもりだったけど、熱が出てて、ぼうっとしてはって、出来へなんだいうてました」

その祝賀会の日、師匠が三十九度の熱を冒して出席したということは聞いていた。考えてみれば、あの日から、師匠の病気の噂を聞きはじめたのだった。それ以来、入ってくる秘かな情報は、決して芳しいものではなかった。

しかし、こんなに早く、最後の花道を去ってゆかれるとはあの頃、誰が想像出来ただろう。

私は紋十郎師匠とは、今度の『恋川』を書くため、一九六九年十一月にはじめて大阪の「吉兆」でお目にかかったのがおつきあいの最初だった。

なぜ紋十郎師匠のことを小説に書きたくなったのかとよく訊かれるが、私にもわからない。

「サンデー毎日」連載小説の話がまとまった直後、編集長が置いてってくれたその週の「サンデー毎日」を何気なく手にとったら、いきなり、グラビヤの、カラー写真の頁が目にとびこんできて、そこに赤い衣裳をつけたぴらぴら簪《かんざし》の赤姫を手にした紋十郎師匠の幸福そうな顔がこちらを見つめていたのだった。

その瞬間、私は「これだ」と思った。すぐその場で受話器をとり、編集長に、紋十郎師匠と文楽の世界を書かせてくれと申しこんだ。伊奈編集長は即座に快諾を与えてくれ、その場で話がまとまった。

それまで、何の準備も、何の予定もたてていたわけではなかったのだ。私は人の伝記やモデル小説を書く時、いつでもこういう形で突然、何かに襲いかかられたように書きたくなることが多い。そして、そういう時の小説は、不思議によくいって、読者がついてくるのが例だった。

私はそういう例を何度か経験した結果、その人たちの魂が、私に乗り憑《うつ》って私に書かせるのだろうと考えるようになっている。

紋十郎師匠はまだその時、お元気で、文化功労者として受賞された直後で、華やかさの絶頂に輝いていられた。にもかかわらず、不思議な霊魂の囁きが、それまで何のゆかりもなかった私に乗り憑らせて、この『恋川』を書かせるようになったのではないだろうか。

はじめは、きょとんとしていらしたのに、次第に『恋川』に情熱を見せはじめられ、御自分からいろいろ、話や史料を提供して下さるようになった。私は小説がはじまって、僅か数回しかお目にかかっていないけれど、十年の知己のように扱って下さった。

一度、東京の御長男の御宅で寝ていられた師匠を訪ね、ふたりきりで二時間ばかり話しこんだことがあったが、その日、私は紋十郎師匠の並々でない人間観察の深さや、人世を見通す目の鋭さを感じとり、深い感動を与えられた。師匠は一座の人々の性格や演技の特長のすべてを見抜き、見通していた。文楽の将来のこと思うと死んでも死にきれしまへんと、その時、真剣な目をしていわれた。

もし、桐竹紋十郎という人が、戦後の文楽の世界にいなかったならば、文楽は果して今のような形で存続していただろうか。只、名人芸というだけの人形遣いならば、過去にもいくらでも指を折ることが出来よう。しかし文楽の将来を案じ、文楽を世の中に生き残らせようとして、その普及の方法を真剣に考えていた人は紋十郎師匠をおいて他にはなかったと思う。

私の『恋川』はまだ終らない。師匠の肉体は亡びても、師匠の生きた情熱はまだこの世にいきいきと燃え残って輝いている。曇天のうすら寒いパリの屋根の下で、いつか師匠から聞いたパリ公演の時の珍話をひとつびとつ思い出している。明日はかつて、師匠が歩いたシャンゼリゼーやセーヌのあたりを師匠をしのびながら歩いて来ようと思っている。

一九七〇年八月二十一日真夜なか　ホテル・ルテチアにて記す

（昭和四十五年八月）

解説

伊藤比呂美

瀬戸内寂聴さん。私たちはあの僧形の九十代のご高齢の姿や声を思い浮かべますけれども、ここにあつめられた文章は、どれも寂聴になる前、瀬戸内晴美だった頃の文章です。読みながら私たちは、晴美さんの、エネルギーのぱんぱんに張りつめた、ホルモンもみなぎった、生きる力を随所に感じますよね。敬語を使いたいのですが、本質が見えにくくなるので、以下敬語は使わずに書いていきます。ただ面と向かってずっと寂聴先生と呼んでいたので、先生と呼ばせてください。瀬戸内さんなんて呼んだら、手の中の記憶がしゅっと消えてしまうような気になっています。

おっと、まず自己紹介を。私は詩人です。はじめて寂聴先生にお会いしたのは、先生が八十六歳、私が五十三歳のときでした。一目でそのオーラにやられてクラクラしました。人間と向かい合ってる感じじゃありませんでした。大きなセコイアの木に向かって話してる感じがしました。

最初の話題は、源氏物語でした。雑誌の対談や源氏物語関係のイベント（ちょうど千年紀の前後でした）、そのうち本の企画が持ち上がり、寂庵に定期的に通って、人生のことや文学のこと、いろいろ話しました。

私は、親や夫の看取りの時期で、死について知りたいと思っていた頃でした。それで先生に何度もききました。死とはなんですか。どうやって死にたいと思いますか。そのたびに答えていただきましたが、申し訳ないことに私は、先生の答えはまとまりすぎていると思っていました。人はみな、先生に死のことをききたがり、長年の間に先生は答えを用意して、ききたがる人にはそれを差し出すことにしたんだろうと考えていたんですけど、この頃、私の友人たち、先生ほど年を取っていない友人たちが何人も、死んだり死に瀕したりする。その都度、私はかれらに「死とは？」ときいているんですが、返ってくる答えが、先生の答えによく似ているんです。先生の答えは、真理だったのかもしれないと思いはじめたときには、先生はあちらにおられました。

いつだったか、小説とエッセイの違いはなんですかと先生にききました。

「エッセイはなんでも書く。でも小説はとことんまでけずり落とすのよ」と先生は言いました。してみると、この本、自選エッセイというだけに、どんな小説よりも、先生の気持ちが何もけずられず、無防備なまま、表現されているはずなんです。

この中のエッセイが書かれたのは六〇年代が中心で、いちばん早い「女流作家になる条件」が一九六二年。いちばん遅い「日本のいろ」は一九七三年、「私小説と自伝の間」「偽紫式部日記」他が一九七二年。その前に、寂聴先生の人生のおさらいを少々いたします。
一九二二年に生まれ、
一九四三年に結婚して中国にわたり、
一九四四年に子どもを産み、
一九四五年に終戦、翌年に引き揚げ、
一九四八年に家庭を捨て、
一九五七年に「花芯」を書き、
一九六二年に「夏の終り」、
一九六五年に「かの子撩乱」、
一九六六年に「美は乱調にあり」、
一九七三年に出家。
一九九六-九八年に「源氏物語」現代語訳、
二〇〇一年に「場所」、
二〇一七年に「いのち」、
二〇二一年に九十九歳でお亡くなりになりました。
お会いして、死について話しているときも人生について話しているときも、はっきりとびんびんと感じ取れたことがひとつありました。先生が、小説を、死ぬまで書き続けたいと思っていたことであり、小説家として死にたいと考えていたことなのでした。だから私は、この本の中で、この部分がいちばん好きなんです。

私は書くことが好きで好きで、それがあえて小説でなくても原稿用紙のマスを埋める作業が、本当に生理的に好きなのである。雑文と小説のけじめがつかないと困るけれども、私はやっぱり、小説の、中でも、新潮とか文學界とか群像とかいった雑誌に書かせてもらえるいわゆる純文学といわれる小説を書くときくらいはりきってうれしいときはない。

一九六四年に書かれた文章ですが、「書くことが好きで好きで」「本当に生理的に好きなのである」なんて箇所を読むと、先生に再会したみたい。そして「雑文と小説のけじめがつかないと困る」にはどきっとします（私はけじめがつかないタイプ）。

ここで先生が「新潮とか文學界とか群像とか」と仰ってるように、文学系の媒体のために書いた長めの文章の読み応えはものすごいです。「女流作家になる条件」や「「才能の山」について」や「本とつきあう法」や「極楽トンボの記――私小説と私」や「私小説と自伝の間」や「河野多恵子の執念」や。ぜんぶつまっているようです、先生のそれまでも、その後も、ぜんぶ。

つまり、一九七二年の「私小説と自伝の間」は、二〇〇一年の傑作「場所」までまっしぐらだし、一九六三年の「河野多恵子の執念」は、最晩年の二〇一七年のもうひとつの傑作「いのち」までまっしぐら、こんな早くから、先生は小説の根っこのようなものを持ち、書いて意識の上にのぼせたのを五十年も持ち続けて、ひとつの作品にしあげたのかと思うと怖《おそ》ろしくもあります。

次にすすむ前に、みなさんに確認しておきます。女流文学という言葉はもう死語です。女性詩という言葉は八〇年代には使われていましたが、今は使われなくなりました。女性作家という言葉はきいたことがありますが、女性文学という言葉には馴染みがありません。もしかしたら小説の世界では、女流文学が女性文学と呼ばれる前に、何もつかないただの「文学」になりえたんではないでしょうか。

女であることについて、先生の言葉はまったく、時空を超えて頼りがいがあるんです。

私は「子宮」を胃や腸と同じ内臓の名前として扱って書いた……

これは批評家たちに酷評された「花芯」について。一九六七年という時代に、こんなわかりやすいリアルな言葉でこんなことを書いた人がいた、そしてそれが瀬戸内晴美だったということに身が引き締まる思いがします。そしてこれも。

女にとって、自分の性の器官を、男のように、視、識ることが出来ないということが、性に対する女の認識の不確かさ、自信のなさをまねくのも当然だろう。女は、手さぐりでしか、自分の性の構造を識るしかなく、男によって、説明され、教えられ、そんなものかと想像するにすぎない。自分の性感度さえ、男から説明され、比較され、解説されて、そんなものかと納得した気持になるという程度である。

強い。鋭い。小気味良い。目的があり、人に伝える意思がある。そして伝わる。ほとんど野蛮で、暴力的ですらあります。それは時代の力というより、瀬戸内晴美という人の力だったと思うのです。

「女流作家になる条件」は一九六二年に書かれました。

女流作家になる条件と、作家になる条件はどうちがうだろうかと先ず疑問に思う。世間がその人物を女流作家と認めるのは、その女性が物を書いて新聞とか雑誌に発表した場合、本人の意志と関りなく、文章の終りに新聞社なり雑誌社でかっこ内に作家と明記する時とみていいようだ。ところが今だかつてそういう時「女流作家」と書いてあるのを見たことがない。ホテルのフロントや税務署の窓口で自分の職業欄に自ら「女流作家」と書きこむ女流作家もいないであろう。

このように、皮肉をこめてがつんと断言してから、晴美さんは箇条書きにします。

女であること
男性的であること
美人でありすぎぬこと
天賦の才能あること
うぬぼれ心の強いこと
嫉妬心の強いこと
悪妻となる要素を持っていること
ストリップする度胸のあること
恒産を持つこと
孤独に堪える精神の持主であること

とくに「女であること、男性的であること、美人でありすぎぬこと」、さすがに時代が時代です。晴美さんの観察の目と口調が、はっきり言うどころじゃなく、むしろオヤジくさいので、先生、これ、今ではセクハラですよと言いたくてたまりません。でも先生は悪びれず、「あら、そーお？」とぺろっと舌を出すに違いない。実際そういう会話を何度も交わしました。

二〇二二年の今、私たちはもう、女／男の二極でものを考えたくないはず。男が女をおとしめることはないはず。読者のみなさんもそういう思いを共有しているはず。日本の文化ももう少しでそこへ行ける、遠くだけどゴールは見えている、そんな錯覚だけはあるはず。その錯覚すらなかったあの時代に女の作家たちはさんざん言われた。女であるだけで、こんなふうないじわるなことを言われた。酒場とか文芸誌の座談会とか、男たちが背広着て集まってる場所で、たばこ吸いながら言われ、飲みながら言われ、しらふで言われた。本人のいないところで言われて、いるところで言われた。いやだいやだ。いやな時代のいやな文化でいやな社会でした。それをサバイブしてきた晴美さんであったし、寂聴先生だったんですね。

一九六七年に、晴美さんはこう書きました。

私は今でも所謂私小説作家にはなりたくはない。小説を書きはじめた頃、私は自分が私小説を書こうなどとは夢にも思っていなかった。

それからこんなことも書きました。

いつから私は私小説を書くようになったのだったか。

私は翻訳小説の名作から文学にめざめ、小説に憧れた。日本の小説では泉鏡花、森鷗外、永井荷風、谷崎潤一郎という系列の小説が好きだった。

先生、私小説ってなんですか？　と私はこの頃の晴美さんに、そして七十歳くらいの先生に問うてみたい。詩という、書く主体と書かれた主体がすごく近いと解釈されてあたりまえのところから出てきたので、私には私小説というものの正体がどうもよくわからないのです。でも同様に、文学というものの概念もよくわからなくなって、先生、文学ってなんなんでしょう？　と問うてみたい。このあたりを読んだときにそう思いました。

伝記物とは、所詮、どんなすぐれたものでも、高度の「読み物」であって、所謂「文学」ではないのではあるまいかというのが私の現在の素朴な疑問である。

他人の人生を語りながら自分がのりうつっていく方法は、「わたし」から「わたしたち」に、おびただしい「わたしたち」の意識を巻き込んで、遠くに行くためのすばらしい手段ではないでしょうか。そしたらそれは「読み物」なんかじゃなく、所謂まっとうで純粋な「文学」ではないでしょうか。

昔、先生は晴美さんで、「本格小説」だけを小説だと思っていたし、「中間小説」や「伝記小説」や「私小説」は文学じゃないと思っていた。そう思い、でもそういうものを書きながら、やっぱりほんとは文学をやりたいのよと思っていたわけです。

それから先生は、出家や、お経の読み解きや、人生の相談や、源氏物語の翻訳や、そこから派生したかずかずの物語や、語り直しや、自伝や、他人の伝記、そういう文学の表現をしてこられた。先生は、もっとずっと自在に、ひろびろとしたところで、人々に直接つながるような表現で、所謂「文学」そのものを切り拓いていかれたんじゃないかと思うんです。丹羽文雄とか、平野謙とか、小田仁二郎とか、モーリヤックとか、先生が尊敬した男たちが考えもしなかった方法で。

＊本書は一九九〇年五月に刊行した河出文庫『書くこと　出家する前のわたし』に、あらたに解説を加え、復刊しました。作品中、今日の人権意識に照らして不適切と思われる語句や表現がありますが、作品執筆時の時代背景や作品の文学性、また著者が故人であることを考慮し、原文のままとしました。

書《か》くこと

出家《しゅっけ》する前《まえ》のわたし　初期自選《しょきじせん》エッセイ

一九九〇年 五 月一〇日　初版発行
二〇二二年 八 月一〇日　新装版初版印刷
二〇二二年 八 月二〇日　新装版初版発行

著　者　瀬戸内寂聴《せとうちじゃくちょう》
発行者　小野寺優
発行所　株式会社河出書房新社
〒一五一－〇〇五一
東京都渋谷区千駄ヶ谷二－三二－二
電話〇三－三四〇四－八六一一（編集）
〇三－三四〇四－一二〇一（営業）
https://www.kawade.co.jp/

ロゴ・表紙デザイン　粟津潔
本文フォーマット　佐々木暁
印刷・製本　中央精版印刷株式会社

Printed in Japan　ISBN978-4-309-41909-1

小説の読み方、書き方、訳し方

柴田元幸／高橋源一郎　41215-3

小説は、読むだけじゃもったいない。読んで、書いて、訳してみれば、百倍楽しめる！　文豪と人気翻訳者が〈読む＝書く＝訳す〉ための実践的メソッドを解説した、究極の小説入門。

おとなの小論文教室。

山田ズーニー　40946-7

「おとなの小論文教室。」は、自分の頭で考え、自分の想いを、自分の言葉で表現したいという人に、「考える」機会と勇気、小さな技術を提出する、全く新しい読み物。「ほぼ日」連載時から話題のコラム集。

教科書では教えてくれない　ゆかいな日本語

今野真二　41653-3

日本語は単なるコミュニケーションの道具ではない。日本人はずっと日本語で遊んできたと言ってもよい。遊び心に満ちた、その豊かな世界を平易に解説。笑って読めて、ためになる日本語教室、開講。

日本語　ことばあそびの歴史

今野真二　41780-6

日本語はこんなにも、愉快だ！　古来、日本人は日常の言語に「あそび心」を込めてきた。なぞなぞ、掛詞、判じ絵、回文、都々逸……生きた言葉のワンダーランド、もう一つの日本語の歴史へ。

現古辞典

古橋信孝／鈴木泰／石井久雄　41607-6

あの言葉を古語で言ったらどうなるか？　現代語と古語のつながりを知るための「読む辞典」。日常のことばに、古語を取り入れれば、新たな表現が手に入る。もっと豊かな日本語の世界へ。

広辞苑先生、語源をさぐる

新村出　41599-4

あの『広辞苑』の編纂者で、日本の言語学の確立に大きく貢献した著者が、身近な事象の語源を尋ね、平たくのんびり語った愉しい語源談義。語源読み物の決定版です。

日本語のかたち

外山滋比古　41209-2

「思考の整理学」の著者による、ことばの姿形から考察する、数々の慧眼が光る出色の日本語論。スタイルの思想などから「形式」を復権する、日本人が失ったものを求めて。

感じることば

黒川伊保子　41462-1

なぜあの「ことば」が私を癒すのか。どうしてあの「ことば」に傷ついたのか。日本語の音の表情に隠された「意味」ではまとめきれない「情緒」のかたち。その秘密を、科学で切り分け感性でひらくエッセイ。

言葉の誕生を科学する

小川洋子／岡ノ谷一夫　41255-9

人間が“言葉”を生み出した謎に、科学はどこまで迫れるのか？　鳥のさえずり、クジラの泣き声……言葉の原型をもとめて人類以前に遡り、人気作家と気鋭の科学者が、言語誕生の瞬間を探る！

塩一トンの読書

須賀敦子　41319-8

「一トンの塩」をいっしょに舐めるうちにかけがえのない友人となった書物たち。本を読むことは息をすることと同じという須賀は、また当代無比の書評家だった。好きな本と作家をめぐる極上の読書日記。

これから泳ぎにいきませんか

穂村弘　41826-1

ミステリ、ＳＦ、恋愛小説から漫画、歌集、絵本まで、目利きの読書家が紹介する本当に面白い本の数々。読んだ後では目に映る世界が変わる、魅惑の読書体験が待っています。

新しいおとな

石井桃子　41611-3

よい本を、もっとたくさん。幼い日のゆたかな読書体験と「かつら文庫」の実践から生まれた、子ども、読書、絵本、本づくりをめぐる随筆集。文庫化にあたり再編集し、写真、新規原稿を三篇収録。